遠くでずっとそばにいる

狗飼恭子

幻冬舎文庫

遠くでずっとそばにいる

「もしわたしが盲目で生まれ、ふと目が見えるようになったとしたら。目に見える物がなんであるかを知ることもなく絵を描き始められるだろう」

クロード・モネ

0

水だ。

傘に雨の当たる音がして、我に返った。

黒いこうもり傘は男もので柄が太く、私の手には少し大きいし、重い。

水とこうもり傘。

あとは透明なガラスのコップさえあれば、完璧な『ヘーゲルの休日』なのに、と思う。ルネ・マグリットは、あの人が一番好きな画家だ。

でもそしてすぐに、ああ、コップは私なのだと思い直す。水がなければ存在する意味のない二つのもの、傘とグラス。その壊れやすいほうが、私だ。

小さなおかしみが、さざ波みたいに押し寄せる。

私は幸福だ。他の人がなんと言おうと。私に何か言ってくれる人なんか、この世界には一人だっていやしないけれど。

ごう、と突然強い風が吹いた。

突風に煽《あお》られて、傘が私の手から離れる。やっぱり上手く握れていなかった。傘は灰色に濡《ぬ》れたアスファルトの上を、ころころころころ転がっていく。飛び回れることが嬉《うれ》しそうだ。

傘が自由を手に入れたその代わりに、私の顔に雨の粒が当たりはじめる。冷たい。嵐が来るのかもしれない。朝になる前に必ずあの夢を見るように、夏が来る前には必ず強い嵐が来る。

春の嵐は何もかもを奪い去る。昔観た映画の台詞《せりふ》だ。

でも私は、すでに何も持っていやしないからそんなもの怖くないし、あの人以外何もいらない。

空を見上げる。灰色の雲がうねうねと広がっている。その向こう側に、私にはひとさじのあえかな光が見える。

私は両手を伸ばす。すべての雨粒を受け止めるために。

私はコップだ。

水は全部私のものだ。他の誰にも渡さない。溢《あふ》れるまで受け入れる。そのために。

右足を前へ押し出す。左足も続けて。

そして。

そして、私は。そして。


死んだ。

1

しん。

しんと静かだ。

しん、が耳の中をこだましている。本当の静けさを知ったとき、「しん」は確かに聞こえる音だと誰かが気づいたんじゃないかと思う。「しーん」という擬音語を発明したのは手塚治虫だったっていうのは本当だろうか。だとしたら彼は随分と孤独だったに違いない。

目を開ける。

暗いのに視界が真っ白だった。夜明け前に似ていた。

雪？　一瞬そう思ったけれど、すぐにそれはただの白い天井だってことが分かった。大きな天井だ。一メートルほど視線を動かして、ようやく角っこが見える。部屋の隅には火災報知器らしき小さな白い丸がくっついていて、そこから短い糸が垂らされていた。どこだ、ここは。

知らない部屋だった。

知らない部屋の、知らないベッドの上だった。薄暗い部屋だ。灯りはついていない。どこかから差し込む淡い光に目を慣らそうとしばらく白い天井を見つめてみる。

嗅《か》ぎ慣れないにおいがする。あまり好きなにおいじゃない。夕方の保健室の、不安になるにおいに似ている。消毒液かも知れない。たぶんそうだ。でも保健室にしては静かだし、雰囲気がなんだか仰々しい。

起き上がろうとしたら、頭にずきりと痛みが走った。右手を頭にやってみると、指に触れたのは髪の毛ではなく布の感触だった。なんだ？　帽子をかぶっているのか？

両手で触ろうと左手も目の高さに挙げて、驚く。薄暗い中で、自分の手よりも一回り大きな固まりが、白くぼんやり浮かび上がる。

右手で触ってみる。固い。これはギプスだ。

わたし、骨折でもしているのだろうか。麻酔が効いているのか麻痺《まひ》しているのか、左手に痛みは感じなかった。

首を横に動かそうと思ったら、枕が分厚すぎて五センチほどしか動かなかった。それでも無理に動いたら窓が見えた。重そうな白っぽいカーテンがガラスを覆っていた。その隙間《すきま》から漏れる暗闇で、今が夜なのだということと、この部屋が密室ではないということが分かる。

ここは病院のようだ、と静かに思う。

事故か何かにあったんだろうか。

体育の授業か、あるいは登下校の途中とか。覚えていない。部活の最中ってことはないだろう。わたし美術部だし。思い出そうとしてみるけれど、どんな映像も浮かんでこない。頭が痛い。ずきずきする。

ゆっくり起き上がってみる。大丈夫、体は動く。ぐるり、部屋を見回す。やっぱり病院だ。

ベッドから降りる。裸足の爪先に、リノリウムの冷たい床の感触。その場で二、三度足踏みをする。足はなんともない。痛くないしちゃんと歩ける。良かった。足さえ大丈夫ならどこへでも行ける。

冷たさが足の裏を刺激して、頭の一番奥まで届く。少しずつクリアになってくる意識。そのまま歩いて、白い四角いドアを目指す。スリッパは見つからなかったけれど、構わなかった。

エレベーターで一階まで降りた。

ドアが開くと、突然空気が変わったのを感じる。

夕方の保健室と埃《ほこり》のにおいに混じって、外の気配がする。排気ガスとか、濡れた草とか、土とか、人のにおい。生活のにおい。少しだけ安心して、ようやくほうっと深い息をついた。それからもうひとつ、煙草の煙のにおいが薄く漂って鼻をくすぐった。

夜の病院は極端に電気が少ない。薄暗い中を、わたしの裸足の足音がぺたぺたと響く。不思議と怖くはなかった。わたしは、幽霊とか神様とか輪廻転生《りんねてんしょう》とか、そういうあやふやなものの存在を信じていない。

周りを見回すと、受付の近くに喫煙コーナーがあるのが見えた。ガラスで囲われた小さな部屋だ。

その横に飾ってあったのは、クロード・モネの描いた『睡蓮』だ。

重厚な紺色の水の上に、ピンク色の蓮《はす》の花があでやかに咲いている。花弁は黄色だ。少し暗い照明の下で、油絵の具で描かれたとは思えないほど生々しく、水がうねっている。

もちろん模写だろう。こんな古ぼけた病院が本物のモネを買えるわけがないし、買えたとしても喫煙コーナーの近くに飾るだなんて馬鹿げたことはしまい。模写でも、それなりの値段だろうけれど。オランジュリー美術館。ジヴェルニーの庭。美術の授業で習った言葉が、パズルみたいにばらばらに頭に浮かぶ。

モネは晩年、睡蓮の絵ばかり描いていた。

いつのときの『睡蓮』だろう、考えたけれどすぐには思い出せなかった。わたし、モネは得意な画家じゃないんだよな。印象派自体があまり好きじゃない。わたしが好きなのは、もっと想像力をかき立ててくれるような、クレーとかカンディンスキーとかピカソとか、作家の頭の中を覗《のぞ》いているような気分になれる絵だ。

金色の立派な額縁に縁取られた『睡蓮』を突っ立ったまま見ていたら、喫煙コーナーに男の人がいるのが視界に入った。右手の指に挟まれた短い煙草から、ゆったりと白い煙が立ち上っている。ガラスに仕切られた箱の中で、赤茶けたつるつるしたソファに腰掛けていた。煙草のにおいの正体はこの人だったのだ。ずっとそこにいたのだろうに、まったく気がつかなかった。

四十代半ばくらいだろうか。

背のひょろりと高い、痩《や》せた男だった。

口元にはうっすら無精髭《ぶしょうひげ》も生えているけれど、汚らしいという感じはしなかった。髪は白髪交じりで、少し疲れているように見えた。こんなところで何をしているのだろう。眠れなくて煙草が吸いたくなったのだろうか。外科の患者には見えなかった。パジャマ姿でもないし、包帯もギプスもない。内科の患者さんだろうか。誰かのお見舞いか、付き添い人かもしれない。壁の時計を見る。午前二時三十二分。病院で働いている人、という可能性もある。

怪しい人には見えなかった。怪しい人は、こんなところで悠長《ゆうちょう》に煙草を吸ってはいまい。

じっと見ていたら目があった。小さく頭を下げると、男も小さく頭を下げた。

「吸いますか」

男は緊張した面持ちで、煙草を持った右手を挙げた。彼も、わたしが怪しい人じゃないかとあやぶんでいるのだろう。

左手を見た。インディアンのマークの、緑色の煙草の箱を持っていた。わたしは、首を横に振る。

「いえ、未成年なんで」

わたしが答えると、男は眉間に皺《しわ》を寄せ怪訝《けげん》な顔をした。

怪しくはなさそうだけれど、変わった人だった。十代のわたしに煙草を勧めるなんて。それともわたし、女子高生に見えていないのだろうか。それは少し問題だ。

十二月だというのに、男は半袖のシャツを着ていた。くたびれた白い綿のシャツだ。ベージュの、よれよれのだぼっとしたパンツを穿《は》いている。足元は病院のものなのだろう緑色のビニールスリッパ。しかも彼はちょっと驚くほどよく日に焼けていた。季節感がおかしい。やっぱり変な人だ。

寒くないのかな、そう思ったら自分も薄い手術着みたいな変な病院服一枚きり着ていないことを思い出した。しかもノーブラだ。両腕で自分の体を抱きしめる。寒さを思い出した途端、くしゃみが出た。静かな院内に、わたしのくしゃみが反響してこだまする。

「大丈夫ですか。病院てどこもクーラー効きすぎですよね」

男は言った。わたしはへらりと笑って大丈夫の意思表示をする。そしてそのあと、その言葉の意味を考えた。

今、クーラーって言った？

「ああ、ヒーター壊れているのかも知れないですね」

わたしがさりげなく訂正すると、男は首を傾げた。

「クーラーが、ですか？」

「クーラーなんか使ってないでしょう。十二月に」

男は目を見開いて、わたしの顔をまじまじと見つめた。なにか、見てはいけないものを見てしまったときのような表情だった。わたしは一瞬、自分が幽霊にでもなったのかと思った。一瞬だけれど。

男は少しだけ黙り込んで、それからゆっくりと言った。

「六月ですよ」

「え？」

「今。六月、十三日」

今度はわたしが黙り込んだ。上手く理解できなかった。何を言っているのだろうか、この人は。ずきり、頭が痛む。右手を頭に当てて、そこにある幾重にも巻かれた布の感触にもう一度驚く。これは包帯だ。

わたしは、何らかの理由で頭を打って病院に入院している、ということだろうか。そして六月なのに十二月だと勘違いしている。この見知らぬ男が、わたしに嘘をつく理由は見あたらない。

この三つの事実から導き出される答え。

わたしの知らないところで何かが起こっている、ということ。

何かってなんだ？

よろり、立ちくらみがしてわたしは男の隣に倒れるように座り込む。

革張りのソファがぎしりと軋《きし》んで沈む。固すぎるスプリング。服越しに感じるソファは冷蔵庫の中に入れっぱなしの桃みたいにひやりと冷たくて、やっぱりクーラーが効いているのだこの部屋は、と思う。

「あの、やっぱりいいですか」

わたしが言うと、男はきょとんとしてわたしを見た。

「煙草。本当は、十六から吸ってるんです」

そう言ったら、男は一瞬だけ息を止め、

「僕は、小五からです」

と言ってようやく笑い顔を見せた。目尻に深い皺が寄った。悲しいことがあると目尻に皺が寄るのだ、と昔誰かが言っていた。どんな悲しみを経験したのかは知らないけれど、それはそれで魅力的だと思ったし、彼の笑顔はわりに可愛らしかった。

彼は、わたしに向かって煙草とライターを差し出した。わたしは受け取って、煙草を口にくわえた。ライターを借りて火をつける。メンソールだった。久し振りに吸う煙草は、肺に染みた。

今、十二月だと思っているわたし。今、六月だと言う男。

病院。

ギプス。頭の包帯。

何かが起こっている。わたしの知らないところで。

わたしは、白い煙を思い切り吐き出す。それは冷たい空気の中に広がってあっという間に消えた。

何かが起こっている。

だとしてもわたしは生きている。

さて、それで何の問題がある？

2

問題は、もちろんあった。

つまりこういうことだった。

わたしは交通事故に遭った。

幸いにも、怪我はたいしたことがなかった。

指先から肘《ひじ》までの左手の骨折、全身、特に左肩の軽い打ち身。それから頭を強打していた（運動神経が良かったんでしょう、無意識に、綺麗に受け身を取られたようですね、と医者は言った）。

念のため、ＭＲＩ検査をしたけれど、脳には何の異常も見られなかった（半身不随になってもおかしくなかったですよ、これだけ頭を強く打っていたら。これも医者の台詞）。

ただ。

ただ、わたしはなくしていた。

なくしていたらしい。

なくしていたのだそうだ。

何を？

記憶を。

十年分の、わたしの生きた証《あかし》を。


「つまり」

つまり。

「つまり本当は、あなたは二十七歳なんです」

担当医の和田先生がそう言ったとき、どんな冗談なんだろうと思ってへらりと笑ってしまった。嘘だあ、そう言いかけて、先生も看護師のやたらエロい雰囲気のお姉さんも、それからわたしの母親も笑っていないのに気づいて、慌てて口を閉じた。神妙なふりをしながら、隣に座る母親を盗み見た。病院の患者用の丸い椅子は不安定で、少し体を動かすだけでぐるりと一周しそうになる。

十年？

母親は、確かに老けたように見えた。白髪が目立つ。前に見たときは、白髪はあっても全部抜いていた。でもきっと、抜くのじゃ追いつけないくらい、白髪が増えたんだろうなあ、苦労してるなあ、とまるで知らない人のことのように思った。萌黄色《もえぎ》の花柄ハンカチを取り出した母親がそれを目に当てたので、わたしは見ないふりして先生に向き直った。

「あなたは、自分を十七歳の高校二年生だと思っている、そうですね？」

先生は、深い声でゆっくりと言った。刑事コロンボの吹き替えの話し方みたいだった。お返しに、わたしはコロンボを前にした殺人犯のように神妙な顔でうなずく。

記憶を失っていた十年の間のわたしのヒストリーを、先生はゆっくりと丁寧に教えてくれた。

1、高校卒業後美大を受けるが落ち、二年浪人した。

2、美術の専門学校へ行った。

3、四年で卒業し、一年就職浪人し、現在はデザイン事務所に勤めている。

なるほど、美大はやっぱり受からないのか。その辺がわたしらしくて妙にリアルだ。嘘だったとしても、非常に信憑性がある。

「何か質問はありますか？」

先生は言った。わたしは少し考えて、首を横に振る。

なんだかまったく実感がない。

実感がないから、質問だって浮かばない。正直に言えば、まだ半信半疑なのだ。頭では分かっている。こんなに大勢のちゃんとした人たちがわたしに嘘をつく理由はもちろんない。だからきっとこれは現実なのだろう。

でも突然「あなた、記憶喪失ですよ」って言われて、納得なんかできるものだろうか。

テレビや映画で見たことがあるように、たとえばすべての記憶を失って自分の名前すら分からない状態、とかだったらそりゃあ悩むだろうし質問だって山ほどあるだろう。

しかし今のわたしは、わたしであることを充分に知っている。

記憶が中抜けしていたりするならまだしも、最新部分の十年がないだけなのだ。二十七歳のわたしが「十年の記憶をなくした」としても、十七歳のわたしには、別に普通の状態だ。わたし以外の全部が十年先に走って行ってしまったというだけで。わたしにとっては、おかしいのはわたしじゃなくてわたし以外のすべてのほうだ。

などということを言語化して先生や母親に説明したかったけれど、上手く伝えられる気がしなくてわたしはまたへらりと笑った。わたしは闘争やもめ事を好まない。もめ事を産まない唯一の方法をわたしは知っている。すべてをそのまま受け入れることだ。

「質問、ないんですか。本当に？」

「はあ。あ、美大行きたかったな、とかそういう感想ならありますけど」

わたしは受け入れよう。受け入れるしかないのだとしたら。流れ着く先に何があるかなんて、誰にも分からない。最新医療の進化に期待して流されるまま流されよう。

もちろん十年間を一瞬でなくしてしまったのは惜しい。

けれど逆に言えば、きっと人生で一番辛かったであろう「二年間の浪人生活と度重なる受験だの就職だのの失敗」を、経験せずに済んだのだ。しかも結果、わたしの夢であった絵に関わる仕事についている。それはそれで、なかなかいい気がする。

つまり。こう考えてみる。

わたしは、青春時代をなくした。けれどその代わり、人生の辛酸をすっ飛ばし、いわばワープして大人になったのだ。

それはそれで、お得な人生なのではなかろうか。

それに、なんというか。

記憶喪失とかって、ちょっと格好良くないか？

これは大人たちには言えないけれど。

「あ、質問思いつきました」

「なんですか」

先生と看護師さん、うちの母親までが身を乗り出した。そんなに期待されても困る。

「わたし、何日くらい寝てたんでしょうか」

「一日です」

たった一日。たった一日で十年。まさに浦島太郎状態。

「質問、以上です」

そう言ってにっこり微笑んでみせたら、先生と看護師さんは、少し困った顔をして目を見合わせた。

なくしてしまったものは仕方がない。

不安じゃないって言ったら嘘になる。でもわたしはなくしたことすら忘れているのだ。

実感なんか、ありようがないじゃないか。

検査入院の期間中に、この十年の大きなニュースをまとめてざあっと読んだ。ざあっとしか読んでないので上手く言えないけれど、十年経っても人間はテロとか戦争とか革命とかしているのか、と思うと不思議だった。なんにも進歩していないじゃないか。人を殺すなんて野蛮な行為、十年後には絶滅しているかと思ったのに。そろそろ鉄腕アトムが現実に生まれていてもおかしくない、そう思って探したけれどそういう記事はなかった。

テレビには知らない人ばかり映っていたので、面白くなくてあまり見なかった。主に立ち読みで愛読していた雑誌の多くが、休刊していたのには驚いた。

階段を上ると息が切れた。鏡の中の自分の顔が見慣れたものよりほっそりしていた。にきびはなくなっていた。毛穴の開きが気になった。眉毛の抜きすぎなのか生えない部分があった。胸のサイズはそう変わっていなかった。太ももは細くなっていたけれど足首が寸胴になっていた。永久脱毛したのか、むだ毛がほとんど生えなくなっていた。両耳にひとつずつピアスの穴が開いていた。ほくろが増えていた。二の腕の肉にはりがなくなっていた。体中くまなく探したけれどタトゥーはなかった。わたしの体の変化は、それくらい。

正直に言えば一番驚いたのは、携帯電話の進化だった。まるで小さなパソコンじゃないか。二十七歳のわたしが持っていた携帯は事故で壊れてしまったそうなので、母親が新しく契約して持ってきてくれた。それを弄《いじ》るのが楽しくて、一日八時間くらい携帯で遊んでいた。ツイッターとかフェイスブックとかソーシャルなんとかとか、知らないことがいっぱいあって、知りたいことはなんだってグーグルが教えてくれた。記憶喪失なう、とつぶやいてみようかと思ったけれどやめた。そうしているあいだに、あっという間に一週間が過ぎた。

学校に行かなくても良くて、勉強も体育もしなくて良くて、好き嫌いしても怒られなくて、一日中ごろごろしていられるのだ。大人も悪くない。まったく悪くない。むしろいい。ひょっとしてここは天国か？　と数回思った。

退院許可が出たのは、そんな生活にも慣れた頃だった。

母親が用意してくれた薄灰色のパーカを羽織り、細身のジーンズを穿いた。入院生活で少し痩せたみたいで、ジーンズは緩かった。

左手にギプスをはめ、頭に幾重にも包帯が巻かれている。腕の骨折は全治三か月だそうだ。もちろん診察に通わなければならないけれど、うちは母子家庭で貧乏だから、そう長く入院してはいられない。

と、そこまで考えて、昨日母に説明された「この十年で変わった家庭環境について」を思い出した。失われた十年の間に、うちは母子家庭ではなくなっていたのだ。退院の日に連れて行くからね、母は言った。迎えに来ると約束した十時まで、あと数分。わたしの体に、突然緊張が走る。

病室のドアが、ノックもされずにがちゃりと開けられた。

ベッドから飛び降り、ドアのほうを見る。顔を覗かせているのは、もちろん母親だ。血色がいい。化粧をしているみたいだ。

「おはよう、今日も元気そうね」

そう言いながらにこにこと入ってきた母親のうしろに隠れて、中年男性が見えた。

見覚えはない。母親は振り返り、

「志村さん」

と、その人を紹介した。

背の低い、灰色の髪をした男の人だった。

小太りでごつごつとした顔をしていた。白いワイシャツを着て、黒いハットをかぶっていた。帽子を取り、彼はひょこりと頭を下げた。ゴッド・ファーザーに出てくる端役のマフィアみたいに見える。わたしも頭を下げた。

志村さんは母の二回目の旦那、つまり、わたしの義父にあたる。

この十年の間に、母はしっかり恋愛とか結婚とか生活とかまでしていたのだ。携帯電話の次に驚いた変化だ。父が死んだのはわたしがまだ小学生にもなっていない頃だったから、新しいお父さんなんかいらない、みたいなそういう青臭い気持ちは微塵《みじん》もない。ただ、知らない間に家族が増えている、というのはなんとも妙な感じだった。だって普通、家族ってそういうもんじゃない。

「あの」

わたしが声を出すと、志村さんはびくっと体を震わせた。わたしよりも緊張しているようだった。

「わたしはなんて呼んでました？　お義父さん、とかですかね？」

そう言うと、志村さんは照れたように、

「ええ、まあ」

と答えてワイシャツの上から二の腕の内側を掻《か》いた。

わたしのお義父さんなのか、この人は。まったく知らないこの人が。

突然、わたしはもう笠野朔美ではない、志村朔美である、ということに気づいてはっとした。

しむら、さくみ。

聞き慣れない自分の名前を口の中で唱えてみた。しじみのお味噌汁を飲んだときみたいに、少し口の中がざらざらとした。けれどそのざらざらにも、そのうち慣れるのだろう。大丈夫。苦手な味だって飲み込んでしまえばすぐになくなる。

わたしが微笑んだのを確認してから、母親は次に、志村さんの後ろに立っている女の子をそっと前に押し出した。

「美加ちゃん。あなたの義妹。二十歳」

やっぱり見覚えはなかった。

痩せた黒髪の女の子だった。黒髪は黒すぎてのっぺりとしていて、痩せぎすで胸なんかぺたんこだった。背も低いし、中途半端にだぶだぶの灰色のワンピースを着ていて、十四歳にも、三十四歳にも見えた。

「よろしくね。それで、わたしはなんて呼んでた？」

彼女に向かってわたしが言うと、母親は、

「もう少しゆっくり喋って」

と、小声で言った。

「美加ちゃん、耳がね。あ、でも唇が読めるから大丈夫」

わたしははっとして、彼女の顔を見た。

わたしたちのやりとりに気づいたのだろう、彼女はにっこりとわたしに微笑んで見せた。口から、小さな尖《とが》った犬歯が覗いた。きっと慣れているのだ。耳のことで、驚かれることに。

彼女は顔の横の長い髪をかき上げ、耳にかけた。

耳の中に、肌色の小さな補聴器があるのが見えた。見るのは初めてだったけれど、それが補聴器なのだとどうしてか分かった。

「よろしく」

志村さんが言った。美加ちゃんも微笑んだ。

母親を見た。母親も笑っていた。

わたしの知らない新しい家族が、そこにあった。


病院の屋外駐車場にその姿を見かけたとき、すぐに彼だと分かった。彼は少し長い前髪を垂らして、下を向いて立っていた。

「細見《ほそみ》くん！」

わたしが声をかけてギプスをはめた手を振ると、彼も不器用な微笑みを浮かべて片手を挙げた。わたしはゆるい駆け足で彼に駆け寄る。細見良彦《よしひこ》は高校一、二年と同じクラスで、同じ美術部の男の子だ。

「なにしてるの。なんか病気なの？」

わたしが言うと、彼は、いやあ、と言葉を濁した。わたしと細見くんの間に、母親が若干ふくよかな体で割り込んでくる。

「お母さんが呼んだのよ。朔美、細見くんのことなら覚えているかもと思って」

「覚えてるに決まってるじゃん」

だって同じ美術部だよ？　と言いかけて、目の前に立つ細見くんはわたしの知っている十七歳の彼ではないのだということを思い出した。なんだかまだ慣れないなあ記憶喪失ってやつに、と思いながらへらりと笑ったら、細見くんと母親が不安な表情を浮かべ顔を見合わせているのに気づいた。

「相変わらず美少年だね細見くん。スーツ似合うねえ」

わたしは目の前の人の着ている服を褒《ほ》めてみる、という古典的方法でその場をやり過ごす。正直に言えば、あまり似合っていなかった。重ったるい黒い学ランのほうが、細見くんらしかった。

細見くんは、どうしたらいいのか分からないような顔をしてその場に立っていた。その所在なさげな顔に、思わずくすりと声を漏らす。それを聞いた母親は、ようやく安堵《あんど》の息をついた。

「細見くんを呼んで正解だったみたいね。お母さんたちはお店の車で帰るから、朔美は細見くんに送ってもらったら？」

「え、いいの？」

顔を見上げたら、細見くんは微笑んでうなずいた。十年前と変わらない、整った綺麗な顔だった。

俺の車こっち、と言う彼について歩き始める。後ろを振り返ったら、母親と志村さんと美加ちゃんが、突っ立ったままわたしを見ていた。わたしはその見知らぬ家族にひらひらと手を振った。三人も真顔のままでひらひらと手を振り返した。

細見くんは、美術部のアイドルだった。というか、学校中のアイドルだった。色白で顔が整っていて佇《たたず》まいが美しくて、身長が百八十センチ以上あった。ただ、その外見の分かりやすい華やかさとは不釣り合いに、中身は大変に分かりにくかった。彼は異常に無口だったのだ。同じクラスで同じ美術部だったわたしですら、挨拶以外は年に三、四回しか会話したことがない。それでも多いほうだったと思う。彼はいつも口元に品の良い微笑みを浮かべて、わたしやわたし以外の人たちの話を黙って聞いていた。弾んだ会話などとは無縁だったけれど、うつくしい聞き役の存在は人の心を落ち着かせる。

細見くんは、たとえて言うならとても王子っぽかった。西洋の、というよりもブータンとかミャンマーとかの徳の高い仏教徒の王子。常に現実から三センチはみ出しているような雰囲気をまとっていて、実在する男性という感じがしなかった。その上わたしの知る限り、女の子とは付き合っていなかった。あの顔で童貞、と男子たちには揶揄《やゆ》されていたが、そこもまさに空想上の生き物みたいで良かった。

しかし今、こうして目の前に立つ細見くんは、確かに実在する人間だった。つるつるだった肌は疲れ衰え、うっすらと皺が見える。顎と口周りには毛穴も見える。これが十年の月日か、と細見くんの顔を眺めながら思う。十年は、王子を人間にしてしまうほど長い。

でも手の届かない王子なんかより、隣にいてくれる人間のほうがいい。特に、今みたいなわたしには。

わたしがじっと顔を見ているのに気づくと、細見くんは困惑して首を傾げた。わたしは何でもないふりをして、そのまま目線をずらして空を見上げた。

夏の初めの空には雲一つなく、十年前と同じ色でわたしを見下ろしていた。

空は、広い。

広いし青いし雲は白い。どんなに時間が経ったとしても、それだけは変わらない。

今からわたしは、わたしの知らない十年後の世界へ足を踏み入れる。でも空さえわたしを見ていてくれれば、なにも怖くないような気がした。


細見くんの車の助手席に乗りこんだ。

十七歳のわたしには、まったく想像できなかった未来だ。正直、男性の車の助手席に乗るのは初めてだった。もちろん後部座席ならいくらでもある。

彼の乗っているのは古い国産の紺色の軽自動車で、エンジンをかけるのに七回くらいふかさねばならないおんぼろだったけれど、そんなのどうでも良かった。わたしは、少し緊張しながら右手だけでシートベルトを締めた。座席の距離はちょうどいい。普段ここにはどんな人が座っているのだろう。きっと恋人だろうな、と思う。

サイドミラーに顔を映してみる。包帯が巻かれた頭から、ぼさぼさの髪がのぞいている。右手で慌てて髪をなでつける。リップクリームくらい塗ってくれば良かった。

車の中には、甘い香りが満ちていた。ダッシュボードに小さな芳香剤らしきものが置いてある。可愛らしい小瓶に入った、ゼリー状のピンク色のもの。あまり細見くんぽくないから、恋人が選んだのかも知れない。いいにおい。思い切り鼻から吸い込んだら、体中から緊張が解けた。いつだってにおいはわたしの味方だ。

　車が走り始めた。時速三十キロ。ものすごい安全運転だ。

「車、怖くない？　大丈夫？」

　ようやく口を開いた彼は、言った。変な質問だ。わたしはうなずいて細見くんの顔を見る。顎の下にそり残しの髭がある。高校時代はつるつるだったのに。

「細見くん高校卒業してからどうしたの。仕事は？　働いてる？」

「普通に県内の大学行って。今は、郵便局員」

「へえ、公務員じゃん」

　相変わらず、とつとつと単語で喋る人だ。

けれどこれでも昔よりは口数が多い。会話はちゃんとできるみたいだ。ほっとしたわたしに、おずおずと申し訳なさそうに彼は続ける。

「郵便局員は、公務員じゃないよ」

「なんで？」

「郵政民営化が、……まあ、いいか」

言ってる意味が分からないけれど、聞き流すことにする。

「絵は？　描いてる？」

細見くんは首を横に振った。確かに美術部の頃から細見くんはあんまり絵が上手くなかった。彼の絵を見て心を動かされたことは正直ない。でも絵を描くのは好きだったはずだ。大人になると、好きなことをやらなくなるのだろうか。それとも、好きなことが好きじゃなくなったりするのだろうか。

「結婚してる？」

「いや」

「恋人は？」

細見くんは再び黙った。

心地の悪い沈黙。それでいて、どこか甘いような。なにか、言いかけて黙る細見くんの口。

どうして母親は、細見くんにだけ電話したんだろう。最初からぼんやり浮かんでいた小さな疑問が、突然大きくなって頭をよぎった。

病院まで迎えに来た彼。母親の嬉しそうな顔。ちょうどいい助手席の位置。好ましいにおい。わたしを見る彼の優しい目。

そこから導き出される答え。それは。

もしかしたら。

「間違ってたらごめん。あのさ、ひょっとして。……わたしたち、付き合ってる？」

一か八かで、おそるおそる尋ねてみる。

細見くんはちらりとわたしの顔を見て、そしてゆっくりとうなずいた。驚きすぎたわたしは、思わず「ひ」と声にならない声を漏らす。

「ごめん」

「なんで謝るの」

「がっかりしたかと思って」

「違う違う、驚いただけ」

がっかりだなんて。むしろ逆だ。

付き合っているということは、細見くんがわたしを好きだってことだ。そんな幸運があるものだろうか。

「わたし、細見くんに告白したの？」

「いや、俺が」

　ますます信じられない。

「いつ？」

「一昨年キャンプ行ったんだ。美術部の同期で。みんな恋人連れで来たのに、俺と朔美だけ一人だったから」

　それって強制的ってことだろうか。わたしと付き合わなきゃ殺すって誰かに脅されたとか。

「たぶん、俺たちをくっつけるためのキャンプだったんだと思う」

　ちらり、運転席の彼を盗み見る。十七歳の頃よりも頬がこけている。切れ長の目。形の良い鼻。女の子みたいにぽってりと赤い唇。柔らかそうな髪。これ、わたしのものなのか。触ってみたいな、一瞬よぎったその想いを打ち消そうと、窓の外に目線を移す。

　そうか。二十七歳のわたしは、細見くんのことが好きだったのか。

　そんなに驚きはしなかった。十七歳のわたしだって細見くんを憎からず思っているのだから、それが時と共に恋愛感情に移行するのは難しいことではないだろう。ただ、実感がなかった。二十七歳のわたしが一番会いたいはずの人。その隣に、今いるのだという実感。喜びや安心のようなもの。

感情とか好意とか愛憎すらもわたしは忘れたのだ、という事実に少しだけ傷つく。そういうのって、残り香みたいなもので分かるんじゃないかと思っていたけれど、どうやら甘かったみたいだ。

愛情って絶対だと信じていた。

でも、そんなこともないんだな。頭打ったくらいで、簡単に消えてしまうのだ。不甲斐ないな、愛。

でも大丈夫。きっとすぐに慣れる。なんの努力もしていないのに、細見くんがわたしの傍《そば》にいてくれるって言うのだ。わたしは幸運だ。二十七歳だし、二年付き合ってるっていうし、結婚だって考えていただろう。大丈夫。

二十七歳のわたしは幸せだったのだ。

なんだかその幸せさえ他人事のように思えることは、見ないふりをした。

窓の外を、工事中のビルが通り過ぎた。

あの場所には、歯医者があったはずだ。わたしが幼稚園の頃から通っていた歯医者が。わたしは、自分の顎に手を当てる。

虫歯の治療、途中だったんだ、わたし。口の中を舌でまさぐる。治療中だったはずの歯は他の歯たちと何の違和感もなくそこにある。

ちっとも痛くない歯のことを思いながら、わたしは振り返ってそのビルを眺めた。

家の前で降ろしてもらって、細見くんと別れた。

「寄っていく?」

一応聞いたのだけれど、今日は疲れてるだろうから休んで、と細見くんは帰って行った。小さな丸い車の後ろ姿を眺めながら、二十七歳のわたしは細見くんのような人間に優しくされる価値のある人だったんだな、としみじみ幸運に感謝しながら手を振った。

家を見上げる。

十年前と同じ、二階建ての小さな家だった。わたしが生まれる前から建っているはずだから、もう築三十年くらいになる。でも、あんまり変わっていない。もともとたいした家じゃないから、劣化が目立たないのかも知れない。

玄関の脇の小さな庭に立つキンモクセイが、青々と両手を伸ばしていた。秋になれば、十年前と同じようにむっとするような甘いにおいを放つのだろう。停められている母親の前かごと荷台付きの自転車も、わたしが知っているのと一緒でぴかぴかだった。ただ、玄関ドアの前についている表札が変わっていた。そこに書かれていた名前は、笙野ではなく、志村だった。

チャイムを鳴らそうかと考えて、でもそれじゃまるでお客さんみたいだと思い直した。

ここは、だってわたしの家だ。志村家でもあるのかも知れないけれど、わたしにはまだそう思えない。

ため息をつきつつ、鞄に手を入れて鍵を探してみた。鞄の内側についている小さなポケットの中に、大きな白いハート型のキーホルダーにつけられた鍵を見つけた。酷《ひど》い趣味のキーホルダーだな、そう思いながら引っ張り出してみる。

キーホルダーには、鍵が二つつけられていた。

目の前にあるドアに鍵穴はひとつ。

右の手のひらの上に載せて見比べる。二つの鍵は、明らかに違う形だ。

わたしは少し考えて、上についているほうの鍵をドアの鍵穴に差し込んだ。かちりと鳴って、ドアはすぐに開いた。もうひとつの鍵はなんだろう。でもまあいい。足りないよりは多いほうがましだ。

大丈夫。

わたしの未来は安泰だし、いまのところ十年経ってマイナスへ進んだことなどなにもない。全部プラスだ。家族が増えて、恋人ができて、鍵がひとつ多い。

ただいま、大きな声でそう言って、新しい人生を生きればいい。簡単なことだ。

二十七歳のわたしのことを、これからわたしは「彼女」と呼ぼう。

「彼女」の記憶を少しずつ取り戻し、実感し、融合できるその日まで。

大丈夫。わたしは運がいい。

記憶なんかなくたって、それ以外は全部持ってる。愛だって。

3

夢があった。

絵を描く仕事につくことだ。

それから、自分の本当のつがいを見つけること。大人になったら、夢というものはすべからく叶うものだと思っていた。可能性は空みたいに無限だと思っていた。空が無限じゃないことを知らなかった。

空の向こうに何があるのか。

それを人は、本当に分かっているのだろうか、と思う。

誰かの言葉を鵜呑《うの》みにして、理解している気になっているだけなんじゃなかろうか。本当に確認して実感した人がこの世界に何人いるだろう。見たわけでも感じたわけでも触ったわけでもないものを、どうやって人は実感し信じることができるのだろう。

「知っている」と「理解している」は違う。

「知っている」は、実感を伴わないただの知識だ。

わたしは理解したい。理解したいと思っている。

何を?

まずは、自分自身を。

それから世界を。

そして次に。


目を覚ます。

ここはどこだろう、と寝ぼけた頭でぼんやり思う。

天井は見慣れたもので、そこにぶら下がっているオレンジ色の照明器具もわたしが小学生の頃から変わらないものだ。枕元の白い目覚まし時計を見る。十一時を過ぎている。ちょっと眠りすぎた。

のそのそと、起き上がる。

花柄のゴブラン織りの重ったるいカーテンを開ける。窓の外の景色は、わたしの知っているものと少しだけ違っている。

視界を遮る細長いマンションの階数を、ぼうっとする頭で数える。いちにさん、七階建て。あんなのなかったな、十年前は。七階分の家に人間がそれぞれ住んでいる。わたしの知らない間に。新しいマンションだから新婚さんもいて、赤ん坊が生まれたりして、あるいは誰かが亡くなったりして、笑ったり泣いたりしているのだろうな、わたしの知らない間に。

わたし、記憶、ないのか。

まだ上手く信じられないでいるけれど、部屋に備え付けられたクロゼットの白い扉を開けると、本当だとしか思えなくなってくる。

その中はまさに悪夢だ。ピンクだの白だの花柄だのなんだか甘ったるい色彩が溢れていて、まったくもってわたしの趣味とかけ離れた衣服しかない。

薄ピンクのワンピースに、白いフリルのミニスカート。リボンタイのシフォンブラウス。レース、ピンク、花柄の洪水。

恥ずかしい、こんな服着てたのか二十七歳にもなって「彼女」は。シャネルのツイードのバッグがある、と思ったらぺらぺらの偽物だし。リボン柄の膝上丈ワンピースなんてもう笑うしかない。リボンが付いているならまだ分かるけれど、装飾品を柄にするって意味が分からない。

我ながら、なんて酷い趣味。ハートのキーホルダーの時点でちょっと嫌な予感はしていたのだけれど。こんなものを着るくらいだったら、わたしはパジャマで外出することを選ぶ。

わたしの想像では、二十七歳デザイン事務所勤務、なんて言ったら、ギャルソンとかワイズとかマルニとか、あるいは『装苑』に載ってるような新進ブランドなんかをシックに格好良く着こなしているはずだった。吐き気がするほど甘ったるいクロゼットの色彩にくらくらしてしまう。

しかし悪夢はそれだけじゃなかった。もっと驚いたのは、下着入れを開いたときだ。ここもまた暖色系が多かったけれど、ピンクの他に真っ赤とか真紫とかゴールドなんかもあった。高そうなレースで全体がくるまれていて、どれにもものすごく分厚いパッドが仕込まれていた。わたしは、ノーブラの自分の胸を触ってみる。推定Bカップか。十七の時とそう変わらないサイズ。しかしこのパッドさえ装着すれば、Eカップくらいには見えるかも知れない。すごいなあ、ブラジャーも進化してるんだなあななど感心しながらまじまじと見つめる。次にパンツを手にとってさらに驚く。こんなの、ほぼ紐だ。どっちが前でどっちが後ろか分からない。こんなの穿けない。着たい服もつけられる下着すらもない。なんなんだわたし。なんなんだ「彼女」のやつ。

諦めて、パジャマのままで再びベッドに寝転がる。

ベッド脇の棚に、アルバムが積まれているのが見えた。見覚えはない。寝転がったままそれを手に取る。ずしりと重い。

わたしはこの重さ分の記憶をなくしたんだなあ、とぼんやり思う。片手で持てないくらいの重量。多いのか少ないのかは、分からない。

体を反転させうつぶせになって、一番新しいアルバムを後ろから開いた。

そこに写っている「彼女」は、確かにピンク色の服を着ていた。髪を肩の辺りでくるんと緩く巻き、まつげをバチバチとさせた化粧をしていた。香水くさそうな女だ、とわたしは「彼女」の写真を眺めながら思った。なんの時の写真なのか、アップすぎて背景が分からない。

友達には、なりたくないタイプだった。絶対なれない。話だって合わないに決まっている。

ため息をついてアルバムを放り投げたら、部屋のドアがノックもされずに開いた。母親だった。

「起きてる？」

「うん」

「お母さん昼ご飯食べるけど、朔美どうする？」

昨日夕食を取らずに寝てしまったことを、わたしは思い出した。突然食欲にとりつかれたお腹が、ぐるりと低い音で唸《うな》る。

「食べる」

勢いよく立ち上がって、パジャマのまま母親のあとをついて階下へ下りた。

食卓には、椅子が四つあった。

わたしの椅子と母親の椅子、あとは志村さんと美加ちゃんの椅子なのだろう。

どうしよう、どこに座ろうかな、と一瞬迷う。わたしが母親と二人でこの家に暮らしていたときは椅子は二つしかなかったし、ダイニングテーブルも、一回り小さかった。

食事の用意がされていた二つの席の、置いてある箸がピンク色のほうに座ってみた。正解らしく、母親は何も言わずわたしの向かいの席に座った。ということはきっと、わたしの隣が美加ちゃんの椅子で、その向かいが志村さんなのだろう。

昼食は、お味噌汁と野菜炒めと卵焼き、漬け物、という質素なものだった。

「お母さん、十年経っても料理苦手なんだね」

「しょうがないでしょう。十年ぐらいじゃそんなに人間は変わらないものよ」

さすが、五十年も生きている人の言葉は重い。

左手にギプスをはめているわたしのために、母親はスプーンとフォークを持ってきてくれた。だったらカレーとかにしてくれればいいのに、と思ったけれど、言わなかった。

母親は、頂きますと軽く手を合わせてお茶碗を手に持った。わたしも食べようとして、目の前にご飯茶碗がないことに気づく。

「ご飯がないんだけど」

わたしが言うと、母親は驚いた顔をした。

「食べるの？」

その答えにむしろわたしが驚く。当たり前だ。なぜお米なしで漬け物を食べなければいけないのだ。

「だって朔美、お米食べなかったわよ？　炭水化物抜きダイエットだって」

「なにそれ」

「パンもパスタもラーメンもお好み焼きも食べなかった。マカロニサラダも駄目だって言って」

「信じられない。わたし太ってないのに」

「何度もそう言ったんだけどね、わたしも。でもまあ良かった」

母親はそう言って立ち上がり、お茶碗を出してご飯をよそいわたしの前に置いた。

炊きたてのあきたこまちの甘いにおいが鼻腔を刺激する。スプーンですくって口に入れる。野菜炒めを口に運ぶ。たいして美味しくない。でも、好きな味。体に馴染んだ我が家のご飯。

何度か咀嚼して、違和感に気付く。わたしはスプーンでお皿の上の野菜炒めをつつく。

「お母さん、この野菜炒め肉入ってる」

「そうよ」

「いつから」

「どうかな。志村さんと結婚してからかな」

　笙野家の野菜炒めはずっと、野菜だけ炒め、だった。志村家に吸収合併されて、肉が買えるようになったのか。彼らの好みなのか。どっちにしろ家庭が裕福なのはいいことだ。わたしの病院代も心配ないだろう。いくら保険が下りるとはいえ、個室なんか取っていたからちょっと心配していたのだ。

「二人でご飯食べるの久し振り」

　わたしが何を考えているのかも知らずに、母親は、感慨深げに言った。

「お義父さんと美加ちゃんは、お昼ご飯どこで食べてるの？」

「お店で。お母さんもいつもはそうしてるし」

「お店って、クリーニング屋さん？」

「そう。志村さんがずっとやってたお店。お母さんも美加ちゃんも、そこで一緒に働いてるの。志村さんが店長だからね、お母さん店長夫人だよ」

母親は、えへん、と胸を張った。店長夫人なんて言葉初めて聞いた。社長夫人なら分かるけれど。朔美と美加ちゃんは店長令嬢、となおも続ける母親の言葉を遮る。

「美加ちゃんも働いてるの？　耳悪いのに」

わたしの言葉に、母親は分かりやすく顔をしかめた。

「そういうこと、本人の前で言わないでよ」

「美加ちゃん、なんで喋んないの。声は出るんでしょう？」

「だからそういうこと言わないでってば。本当、あんた子供ね」

子供だ。だって十七歳だもん。体は二十七歳かも知れないけれど。

わたしは反論をやめ、卵焼きを口に頰張った。これも味が変わっている。砂糖かみりんが入っている。十年で、少しずつ母親の味覚が変わったってことだろうか。それともこれも、志村家の味なのだろうか。わたし以外の誰かの口に合わせられた食事。

卵焼きはわたし、塩だけのやつでいいのにな。

わたしは突然、おばあちゃんに会いたくなった。母親と同じくらい、料理の下手だった美智ばあちゃん。母子家庭だったから、わたしはよく祖父母の家で休日を過ごした。おばあちゃんの作るご飯は、みんなお醬油味で茶色かった。おじいちゃんが亡くなって老人ホームに入ってからは、なんだか怒りっぽくなってしまって、あまり遊びに行かなくなってしまったけれど。

「おばあちゃんは元気？」

「元気よ」

「良かった」

「みんな元気よ。あんたが一番心配」

「わたしは元気だよ。ちょっと記憶喪失なだけで」

その台詞が気に入って思わず笑いそうになったけれど、母親が悲しい目をしたのに気づいてわたしも慌てて口を閉じる。

「まあ、無理しないでいいから」

無理。無理の仕方が分からないけれど。

とにかく良かった。わたしがおばあちゃんだと思っていた人が十年経ってもちゃんとおばあちゃんであるっていうのは、衝撃だ。十年くらいじゃ、そんなに人生は変わらない。家族が増えて、恋人ができて、野菜炒めに肉が入るくらいの些細《ささい》な変化。野菜炒め内の肉だって、プラスの変化には違いない。

この際だから、いろいろ聞いておくことにする。

「美加ちゃんのお母さん、ていうか、志村家の前妻は？」

「美加ちゃんが中学生の頃に亡くなったって。病気。体の弱い人だったらしくて。他に親戚もいなくてね、それまで二人でやっていたクリーニング屋を、志村さん一人でやらなくちゃいけなくなって。美加ちゃんも手伝ってたんだけれど、高校受験のときに社員を募集したの。それで働き始めたのがわたし」

「へえ」

美加ちゃんのお母さんは、十年前なら生きていたってことか。

「美加ちゃんのお母さんのお仏壇は、お店の二階にあるから。そのうちご挨拶しに行きなさいね」

わたしは曖昧《あいまい》にうなずいて、大根の漬け物をかりりと齧《かじ》った。

わたしは、テレビの横にある我が家の仏壇を見る。お父さんの写真がちゃんと飾ってあることに、すこしほっとする。

仏壇には、紫色の小さな花が飾られていた。

花屋では余り見かけない、野草のような可愛らしい花だ。なんだっけ。名前が、思い出せないけれど。

「綺麗な花だね」

わたしが言うと、母親も紫の花に視線を送った。

「あんたの事故の加害者の人が持ってきてくれたの。お父さんにあげちゃったけど、構わないでしょう?」

いいよもちろん、とわたしは答えた。

瑞々《みずみず》しく野性味あるその花は生き生きとしすぎていて、仏壇にはあまり似合わなかった。

昼食を終えると、母は「ちょっと店に顔を出して、夕飯の買い物に行く」と言って家を出て行ってしまった。記憶喪失の娘を一人にして心配じゃないのかなと思ったけれど、ひとりのほうが気楽だからまあいい。

母を見送って、階段を上り二階へ上がった。

自分の部屋のドアに手をかけ、ふと、立ち止まる。

二階には三部屋。わたしの部屋と、両親の寝室である和室——父が亡くなってからは母の寝室、それから物置部屋だった。

今は、どうなっているんだろう。

わたしの部屋の隣の、洋室のドアノブに手をかける。鍵はついていない。そうっと覗く。シングルベッド、机の上にラップトップのパソコン、それから大きな本棚が一つ。飾り気がなくまるで男の書斎みたいに見えるけれど、ここが美加ちゃんの部屋だろう。

「お邪魔します」と小さく声をかけ、中に入る。女の子のにおいがする。でも女の子らしいのはにおいだけで、性別や人間性を判断できるようなものは何にもなかった。きちんと整えられたベッド。カバーは灰色の単色。あんまり面白味のない、無機質な部屋だ。わたしはもう一度ぐるりと部屋を見回し、外に出てドアを閉めた。

もうひとつの部屋は、きっと母親と志村さんの寝室なのだろう。なんとなく見たくなくて、わたしは自分の部屋に戻った。

自分の部屋が自分の部屋のように思えない理由が、やっと分かった。

花柄のカーテンのせいでもピンクのベッドカバーのせいでも白いドレッサーのせい

でも、その上にごちゃりと載せられている用途すら分からない大量の化粧品のせいでもない。

カンヴァスが、一枚もないことだ。

十七歳時点のわたしは、学校で描いた油絵のカンヴァスをたくさん壁に飾っていたし、飾りきれない分は部屋の隅に立てかけていた。だからわたしの部屋はいつも、鼻につんとくるシンナーみたいな油絵の具のにおいがしていた。

結局美大には受からなかったらしいし社会人なんだから、大人になった「彼女」があまり絵を描かなくなったとしても不思議ではない。でもそれまで描いた大切な絵が部屋のどこにもないということが、なんだか腑に落ちなかった。部屋の中には画集も見当たらないし、画材すらないのだ。

どこかにしまい込んだのかもしれない。わたしはクロゼットの中の服たちをすべてベッドの上に放り出す。

その奥に、押し込んである段ボールを見つけた。引っ張り出し、開ける。むっとする埃とともに、かすかに油絵の具のにおいがした。これだ。

喜んで中を漁ってみたけれど、出てきたのは学校の制服だけだった。

「なんだ」

思わずつぶやく。懐かしいにおいの正体はこれだったのだ。鼻から思い切り息を吸い込んだら、絵の具のにおいより埃のほうが多くてくしゃみが出た。

制服を出し胸に当ててみる。ブレザーと白いシャツ、ベスト、えんじ色のネクタイ。チェックのスカート。そのまま、ドレッサーの大きな鏡に映してみた。その四角の中にはよく知っている自分がいて、なんだか安心した。あんな白フリルのスカートなんかよりも、こっちのほうが絶対に似合う。

着てみようかな。

パジャマのずぼんを脱ぎスカートを穿いてみる。ぶかぶかだった。やっぱりわたし、痩せる必要ない。でもまあ、記憶なくしている間にダイエットに成功してるなんて結構これもラッキーポイントだな、逆だったら最悪だった、などと思いながらパジャマの上のボタンにも手をかけたとき、鏡の隅っこに人影が映っているのに気づいた。はっとして、振り返る。

ドアの隙間から覗くようにして、男が立っているのが見えた。

黒い細身のパンツに白い長袖シャツを着ていた。長い首の上には尖った顎。細く釣り上がった鋭い目で、まっすぐにわたしを見ている。

わたしの体が、驚きと恐怖で固まる。泥棒か殺し屋か、強姦魔か。

男が、扉を大きく開けた。わたしは後ずさりして悲鳴を上げようと息を吸い込む。

ひ、まで声が出たとき、その顔に見覚えがあることにようやく気づいた。

「大島薫？」

わたしが疑問符付きでつぶやくと、不審者はニヒルに唇の端を上げ、久し振り、と
女性にしては低い声で答えた。

一気に緊張が解ける。口から息が漏れる。体から力が抜けてベッドにへたり込む。

「驚かせないでよ」

「ごめん、おばさんに勝手に入っていいって言われてたから」

「殺し屋が来たかと思った」

「殺し屋？」

「記憶喪失の間に国家機密を知っちゃって、とかそういうことあるかもだし」

「すごい発想。さすが十七歳」

わたしは大きく息をつき、薫ちゃんを勉強机の椅子に座らせ、自分はベッドに腰掛

けた。

大島薫は、同じ美術部の同期だった。

美術部の中で、薫ちゃんは少し浮いていた。部活にはそんなに顔を出さなかったので、絵を描いているところはあまり見たことがなかった。当時は腰の辺りまで髪があって、美人ではなかったけれど特別な雰囲気をまとっていた。今は刈り上げに近いほどのショートカットだ。実際にはそんなに背が高いはずじゃないのに、頭が小さいせいでものすごく大きく見える。手足の長さが際だつ。

「薫ちゃん、雰囲気変わったから分かんなかったよ」

「そう？」

わたしの視線は、薫ちゃんの顎に無遠慮に注がれる。そんなところに、毛って生えるものだっけ。わたしは自分の顎を右手で触りながら薫ちゃんの顎を凝視する。

「なんか、……薫ちゃん産毛濃いね」

「髭だよ。ホルモン注射してるからさ」

「ホルモン？」

よく分からなくて、そのままオウム返す。

「男性ホルモン。まだ体は改造してないけどね」

　薫ちゃんはさらりと答えた。わたしは意味が理解できずにそのまま薫ちゃんの顎をじっと見つめ続けている。

　それは、一体どういうことだ？　なんのためにホルモンを注射する？　薫ちゃんは女じゃなくて男になりたい、と、そういうこと？　混乱。あなたは記憶喪失ですよと言われたときと同じくらいの。でもまだ目の前にうっすら男性化した薫ちゃんがいるから、実感はある。嘘みたいだけれど。ひょっとして今、世界中がエイプリルフールなのか？

　何を言ったらいいのか分からなくて口をぱくぱくしているだけのわたしの顔を眺めながら、薫ちゃんはにやりと笑った。

「本当にないんだねえ、記憶」

「あ、ごめんなさい」

　条件反射的に謝る。

「いや、いいんだけど。ゆっくり慣れて。で、あんたはコスプレ？」

　上はパジャマ下は制服のスカート、というわたしの奇天烈な格好を見て、薫ちゃんは笑った。わたしは慌てて取り繕う。

「なんか、着るもんなくて」

「さすがにキツいな、二十七で制服は」

「そうかな」

「そうだよ」

そうかな。

わたしは、もう一度鏡の中の自分を見る。薫ちゃんに言われたせいなのか、鏡の中のわたしの顔は、さっきよりも随分と老けて見えた。

「でもさ、最悪なんだよ二十七のわたしの服のセンス。見てあれ」

わたしはベッドの上に放り投げた洋服の山を指さす。服たちは山になるとさらに甘ったるく、ピンクと白ばかりで目がちかちかした。

薫ちゃんはその一枚を手に取ると、確かに、と笑いながらつぶやいた。

「買いに行こうか」

「でもお金ないよ」

わたしがそう言うと、薫ちゃんは財布を出しな、と命令口調で言った。やっぱり強盗か？　などと思いながら鞄の中からショッキングピンクの長財布を取り出す。薫ちゃんは財布を受け取って中を見た。千円札二枚きり入っていない。ね？　と同意を促すと、薫ちゃんは満足そうにうなずいた。

「忘れたの？　あんた、大人なんだよ」

「え」

「大人には、魔法が使えるんだよね」

薫ちゃんの長い形のいい指には、わたし名義のクレジットカードが挟まれていた。

駅ビルでカード使用額ぎりぎりまで洋服を買った。ブラウス一枚、Tシャツ三枚、サルエルパンツ、スキニージーンズ、黒ミニスカート、帽子、靴、鞄、大きめのピアス、それからちゃんとお尻がすっぽり隠れるサイズの綿パンツも買った。薫ちゃんは高校時代から変わらず今もすごくセンスが良くてお洒落だったので、今の流行の格好良い洋服を選んでもらえた。化粧品のフロアにも行って、紫色のマニキュアも買った。なんでその色？　と薫ちゃんはいぶかしんだけれど、紫以外に気になる色はなかった。

「あんた得したね」

「なんで」

「『流行は十年周期で繰り返す』って言うじゃん。ちょうど、あんたが十七の時と今と流行がかぶるってことでしょう？」

確かに、十七歳のときに欲しかった、でも買えないような値段の洋服をいっぺんに手に入れた。欲しいものを欲しいだけ買えるなんて、大人はすごい。

喉が渇いたと言ったら、薫ちゃんは駅前にあるスターバックスに連れて行ってくれた。

「スタバなんかいつできたの」

「結構前。高校卒業前にはできてたよ」

「いいなあ。制服でスタバデートとかしたかった」

「一応教えておくと、あんた高校卒業まで彼氏いなかったから」

「え、結構ショックなんですけど」

「なに？　好きな人いたんだ」

「いや、そういうわけじゃないけどさ。クラスに元彼いないと、同窓会行ってもつまんないもん」

「あんた馬鹿だね。十七歳みたいな思考回路」

「だから十七歳の思考回路なんだってば」

なんだ、残念。わたしは、生クリームたっぷりのキャラメルフラペチーノをぐちゃぐちゃストローでかき回す。「彼女」は一体、どんな人と恋愛をしたのだろう。十七歳のわたしがまだ出会っていない人だったら、今その人に会ってもわたしは気づかないってことだ。愛情って脆い。でもまあ、今のわたしには細見くんがいる。覚えてもいない未来の恋人なんか、どうでもいい。

「最高だね大人。一杯四百円以上する飲み物、いくらでも飲めるんだもんね」

「まあね」

わたしは、ほてった手のひらをプラスチックカップに押しつけて冷やす。右手の爪にはうっすらピンク色のマニキュアが塗ってあって、でもほとんどはげている。あ、除光液買うの忘れたな、とぼんやり思う。

「なんか、タイムスリップみたいだね」

薫ちゃんが突然言った。わたしは思わず、え、と聞き返す。

「映画でさ、昔観たんだ。過去から主人公が未来にタイムスリップしてくるの。で、いちいちいろんなことに驚くっていう」

あんた今、そんな感じ。薫ちゃんはそう言って、肘をついたまま本日の珈琲グランデサイズのカップを両手で抱えて口に運んだ。

タイムスリップか。確かに。

わたし、十年の時を飛び越えてきてしまったんだな。

「どうせなら未来から来たかったな」

わたしが言うと、薫ちゃんは、

「そうかな。わたしは、知ってる過去になんか戻りたくないけどね」

と肩をすくめた。

「過去に戻りたいなんて言えるのはね、現在が一瞬あとに過去になることを忘れてる、おめでたいやつだけだよ」

わたしよりも十も年上の同い年の友達は、やはりわたしよりもたくさんのことを知っているみたいだった。

ちゃんと聞いたし、ちゃんと読んだし、ＹｏｕＴｕｂｅでだって観た。３・11の大地震や、放射能に関するあれこれや、信じられないほど正義のない政治や、権力者の死や、外国で起こったテロや革命や事故や天災や金融危機や暴力や。たくさんの人が死んで、でも同じくらいたくさんの人が生まれた十年。

十年。わたしのなくした十年。それはいったい、どんなものだったんだろう。わたしはそれを、もう一生経験できない。

ガラス一枚隔てて窓の外を通り過ぎる人の流れを、ぼんやり眺める。あの人たちは、まさかわたしが記憶喪失だなんて思わないんだろうな。

わたしの知らない十年を、わたし以外の人はみんな持っている。

「なに考えてるの」

薫ちゃんが、わたしの表情をちらりと盗み見て言った。

「別に」

「別にってことはないでしょう」

「最近の子はみんな足が長いなあって考えてた」

そう言ったら、薫ちゃんは「あんたは本当に馬鹿だね」と、ちょっとだけ歯を見せて笑った。

その夜は、薫ちゃんに連れられて駅の反対側にあるチェーンの居酒屋へ行った。

「居酒屋なんて、文化祭の打ち上げで歳ごまかして入ろうとして追い出された以来だ」

わたしがわくわくしながら言うと、

「居酒屋に喜べるなんて羨《うらや》ましい。二十歳《はたち》過ぎればうんざりするほど行くことになるよ」

と薫ちゃんは肩をすくめた。

大学生に見えるバイトの店員さんに「予約していた大島です」と薫ちゃんが告げると、奥の座敷に通された。予約？　そう思いながら靴を脱いで上がりふすまを開ける。

十数人の人間が大きな黒いテーブルをぐるりと囲んで座っていた。

部屋、違うんじゃないだろうか。薫ちゃんの顔を見上げたけれど、薫ちゃんはわたしのことなど気にせずにすたすたと座敷に入っていった。

「あんた連れてこいって美術部のみんなに頼まれたんだよ。退院祝い？　そういうのしたいんだって。早く入んなよ」

美術部の？　じゃあ、ここにいる人はみんな、わたしの知っている人なのか。

わたしは、おずおずと畳に足を踏み出す。スーツ姿のおじさんやよく分からないパーマをかけたおばさんなんかに見えるけれど、この人たち、わたしと同い年なのか。

「良かった」

誰かが言った。

「元気そう」

誰かも言った。

わたしは誰が誰だか分からないままへらへらと作り笑いをして、誘われるまま部屋の真ん中に座った。部屋の隅に細見くんが座っているのが見えて、ようやくほっとする。

「大丈夫？」

隣に座っている女の人がわたしに声をかけた。はち切れんばかりの大きなお腹を前に突き出していて、だぶっとしたグリーンチェックのジャンパースカートを穿いていた。妊婦らしい格好だ。顔を見る。すぐに誰だか分かった。

「村山咲子？」

妊婦はにこりと笑った。

「今は横沢咲子。結婚したから。これ、あと二か月で生まれる」

咲子は自分の大きなお腹をなぜながら言った。妊婦をこんなに近くで見たのは初めてだ。もう出そうに大きい。コントみたい。

「すごい。専業主婦？」

「うん。旦那、二十年上。家にも子供があと二匹」

思わず、うわ、と声が漏れる。同級生が二人の子持ちだなんて。二十年上の旦那がいるなんて。妊婦だなんて。想像以上に、いろんなことができる長さのようだ。十年。からからと笑っている咲子には高校時代の可憐さは一ミリも見あたらず、友達というより友達のお母さんみたいだった。

「久し振りだね」

咲子が言った。わたしは曖昧《あいまい》に微笑む。久し振りなのか。美術部で、一番仲がいいのは咲子だった。週に五回は駅前のミスタードーナツに行って、おかわり自由の薄い珈琲だけで何時間もお喋りした。お互いのことで知らないことなんか何もなかった。二十七歳のわたしたちには、あまり接点がなかったのだろうか。確かに、子供ができたりしたら女友達とはあんまり遊んだりしないものなのかも知れないけれど。

「大変だったね」

咲子が、憐れみのこもった慈愛の目差《まなざ》しでわたしを見る。十七歳の時はしなかった表情だった。それだけで時の流れを知る。

「あ、でもこれとこれだけだから」

なんだか恥ずかしくて、わざとへらへらとしながらわたしは左手のギプスと頭に巻かれた包帯を指さす。

「あとは擦り傷ぐらい。お風呂入るとしみるけど」

「痛そう」

そりゃ痛いに決まっている。怪我なんだし。けれど出産とは比べものにならないだろうから、痛いアピールするのもはばかられる。

咲子には、「記憶喪失？　マジうけるんだけど」くらい言って欲しかった。落ち着かなくて、わたしは空のグラスを右手で弄《もてあそ》ぶ。

咲子の顔をまっすぐに見るのが、なんだか気恥ずかしかった。彼女はファンデーションを分厚く塗りたくっていた。そのせいなのか、笑うと目尻に皺が寄った。太ったようには見えないのに、肩のラインが丸みを帯びていた。手は荒れていて、深爪するほど短く切られた爪には何の色も載せられていなかった。

高校時代の咲子は、ものすごくお洒落だった。部内にジェルネイルを流行《はや》らせたのは咲子だったし、美術部の特性を生かしてネイルに絵を描く、という事業を学校内で始めたのも咲子だった。たとえば彼氏がバスケ部にいる子の爪にはバスケットボールの絵を。告白を成功させたいという子にはハート模様を。爪一つに一つの絵で三百円。二つで五百円。バレンタイン時期には美術部部室前に女の子の行列ができた。おかげで、他のバイトをせずにすんだ。

「やっぱ、若いって最強」

というのが、その頃の咲子の口癖だった。

「二十過ぎて自分のこと女子とか言う女本当痛い。あたしは三十前に絶対死ぬ。醜く朽ちる前に死ぬ」

隣にいる咲子は、年相応に見えた。でも彼女は、あと三年じゃ死なないだろうな、と思った。別に、だからどうとかいうわけじゃないけれど。

「ま、一杯」

正面からビール瓶を差し出したのは、太った小男だった。灰色のスーツが、なんともおじさんくさい。誰だか分からずきょとんとしていると、俺、青木だよ、と本人が言った。

「嘘、青木？　本当に？」

青木努は高校時代体重がわたしより軽くて、あだながスケルトンだった。

「仕方ないだろ、中年だからさあ。体質って変わるみたいよ」

青木は額に小粒の汗を滲ませながら言った。変わるって言ったって、変わりすぎだ。目が覚めたらその体型になってた、とかだったらわたし絶対泣く。青木はにこにこしながらビール瓶を傾け、わたしの前にある小さなグラスにビールを注いだ。

「あ、わたし駄目なのビール」

「なんで？　十七だから？」

青木が言うと、周り中全員がどっと笑った。みんなわたしの記憶のことは知っているようだった。

「そうじゃなくて、薬飲んでるから」

「でも朔美、もともとお酒飲めなかったよ」

咲子が言った。妊婦だからなのか、咲子のグラスの中身もお酒ではないようだった。

「そうなの？」

「うん。缶チューハイ半分飲んだら記憶なくなってた」

「その台詞は洒落になんねーな」

誰かが言った。またどっと笑いが起きる。わたしもへらへらと笑って見せた。笑いながら、居心地の悪さを感じていた。

自分がこの場所には不似合いだってことが分かっているのに、でも真ん中にいなくちゃいけないということ。突然日本に連れてこられた動物園の北極熊の気分だ。わたしは、部屋の隅にいる細見くんに再び目をやった。彼は笑っていなかった。ようやく息をつく。あそこにも北極熊がいる。

わたしのためにみんな集まってくれたのだ。わたしが居心地悪くなる必要なんかない。二十七歳の「彼女」は、こんなにたくさん人を集められるくらい人望があった。そう考えて気分を奮い立たせる。大丈夫だよ、わたし。

「みんな、まだ絵描いてるの？」

そう尋ねたら、咲子の向こうに座っているパーマ頭の女が「まさか」と言った。麻里だってすぐに分かった。麻里は高校時代から麻里のお母さんにそっくりだったのだ。

「まさか？」

「もうそんな暇ないって。働いてるし」

働いていたって絵は描けると思う。

「結局、絵に関わる仕事してるやつなんて、朔美以外いないんじゃないの」

「わたしだけ？」

高校時代は、みんなあんなに絵ばかり描いていたのに。絵を描く以外の人生なんか想像できないって、そう言っていたのに。みんなの語る夢は、絵に関わる仕事ばかりだったのに。

「手島くんは？」

そうだ、手島くん。美術部部長。彼が絵を描いていないはずがない。わたしは、座敷の中に手島くんの姿を探す。それらしき人は見つからない。

「あれ、手島くん来てないの？　相変わらず冷たいなあ」

手島幸生《ゆきお》は美術部で一番、いや県で一番絵が上手かった。一年のときから油絵で県知事賞を取っていた。高校卒業したら東京藝大の油絵科に行きたいと言っていたし、みんな受かるだろうと思っていた。人としてはちょっとどうだろうという部分が多すぎたのであんまり得意なタイプじゃなかったけれど、彼の描く絵だけは本当にすごいといつも思っていた。

わたしは、座敷の中をもう一度見回した。やっぱり手島くんはいない。気づくと、座敷中の人間の目がわたしに向いていた。

誰かが口を開いた。

「死んだよ」

気温が、突然一度下がった。わたしは上手く理解できず、え、と聞き返す。また違う誰かが口を開いた。

「死んだんだ、手島。去年の六月に。葬式も行ったよ、みんなで」

葬式？　手島くんの？

「朔美も行ったよ、手島の葬式」

また違う誰かが言った。わたしはすでに、その誰かが誰なのかを考えるのをやめようとしていた。

「……本当に、忘れちゃったんだね」

隣にいる咲子が、そうっとわたしの手を握った。咲子の手はじわっと汗ばんでいた。なぜだかその手をふりほどきたかったけれど、でもできなかった。

その場にいる全員が、わたしには知らない人にしか見えなかった。


マイケル・ジャクソンが死んだそうだ。

最初、冗談だと思った。だってなんだかマイケル・ジャクソンだけは永遠に死なないような気がしていたから。ゾンビと一緒に踊ったりしていたから、なおさらそうだ。わたしが生まれる前からスターだった人が、この世の中から消え去るという不思議。

忌野清志郎も死んだそうだ。アレキサンダー・マックイーンも、デニス・ホッパーもピーター・フォークも喜味こいしも原田芳雄も立川談志も川村カオリも金正日もリチャード・ハミルトンもホイットニー・ヒューストンも。

ものすごく大きな地震が来て、大津波になって、岩手や宮城が飲み込まれたそうだ。何もかも流されて、そのあと一面なにもなくなったそうだ。

「そうだ」ばかりだ。実感ではなく、すべてが伝聞の過去。

十年も経ったのだ。

十年も。

十年経てば、誰かが死ぬし、誰かが生まれる。当たり前だ。それがこの世のことわり。

頭では分かっている。それでも実際に近くにいた人がわたしの知らないうちに消えてしまっていたということが、ずっしりと重い。

わたしは一体、何を忘れたんだろう。

何をなくしたんだろう。分からないことが、怖い。

取り戻せなくてもいい。ただわたしが一体何をなくしたのか。わたしはそれを知らなければいけない。行けない。どこにも。どこに行きたいのか分からなくても。

思い出させて欲しい。わたしが何を忘れたのか。

それだけでいいから。

神様。

わたしは生まれて初めて、神様にそう祈った。神様の存在なんか、もちろん信じていないけれど。

4

太陽の光が、部屋に差し込んでいるのを感じる。

目を開ける前に、わたしはわたしの頭の中を点検する。

まずは、昨日の記憶を呼び起こす。朝何時に起きて、何色の靴下を履いて、何を食べたか。全部覚えているとほっとする。

でも次に、それが本当に「昨日」なのか不安になる。わたしの昨日は、他の人にとっても昨日だろうか。ベッドに寝転んだまま、手を伸ばし枕元に置いておいた携帯電話を手にとる。日付を確認する。大丈夫。ちゃんと昨日は昨日で、今日は今日だ。

それから左手を見る。

白いギプスが昨日より少しだけ薄汚れている。その灰色が昨日をちゃんと生きていた証で、永続的に続く鈍い痛みが、わたしが今日も生きている証だ。

それらを確認して、そうして、ようやく起き上がれる。

大丈夫。わたしは今日も生きている。

ただ少しだけ、わたしは前より疑い深くなった。大丈夫、を頭の中で繰り返すのが癖になった。それから眠るのが怖くなった。眠りは、死にとてもよく似ているから。それでも睡眠は異常なほど深くわたしを捉える。傷ついた脳みそが欲しているのかも知れない。あるいは死に似ているからこそ、逃れるのが困難なのかも知れない。

わたしは勢いよくベッドから降り、フローリングの床に足の裏をつけた。まだ朝日が届いていない部分。冷たさが心地いい。そのままクロゼットの扉を開け放ち、さらに奥を捜索する。

昨日は突然薫ちゃんが現れたから、画材を探すのを途中でやめてしまった。今日こそ何か描こう。描きさえすれば、わたしの頭の中はクリアになるはず。この頭の中に詰まったもやもやを、色と形で表現するのだ。それこそがまさに、わたしが絵を描く一番大きな理由。

昨日の制服の段ボールをどけると、すぐに靴箱サイズの白い箱が見つかった。引っ張り出して開けてみる。

中には、赤い毛糸の帽子が入っていた。

ざくざくとした太めの毛糸で編まれていて、頭のてっぺんに小さな毛糸玉がついている。オーソドックスな形の帽子だ。赤は少しくすんでいて、茜《あかね》色とか暁《あかつき》色とか呼んだほうが近いかも知れない。

帽子を取り出し、鼻に近づける。湿ったにおいがする。

なんだか、すごく懐かしいようなにおいだった。煙草のにおいと、汗と体臭。でも、わたしのにおいじゃない。知っている、でも知らないにおい。誰かがかぶっていたものを貰ったのだろうか。

帽子の下に、葉書サイズのカードが一枚入っていた。手に取ってみる。

黒いこうもり傘の上に、ガラスのコップが載っているさまが描かれていた。見たことがある。有名な絵だ。美術の教科書にも載っていた。作者はルネ・マグリットだ。マグリットの絵には大抵へんてこなタイトルがつけられていた。『威嚇的な時間』とか『なまめかしき遠近法』とか『これはパイプではない』とか。これはなんだっけ。記憶が混ざって、すぐにタイトルが出てこない。

カードを開いてみる。白地に赤いペンで、「HAPPYBIRTHDAY」と書いてあった。

誰かからの誕生日プレゼントのようだ。

わたしの誕生日は、八月三十日だ。真夏に毛糸の帽子を？　しかも使用済みだ。

カードをひっくり返して隅から隅まで眺めたけれど、年号も日付も名前も書かれていなかった。アルファベットの文字は綺麗にマーカーで縁どりしてあって、筆跡からは何も分からなかった。誰かから、わたしへのプレゼント。わたしはその人をどんなふうに思っていたのだろう。その人はわたしをどんなふうに思っていたのだろう。

わたしはもう一度、カードの表紙の絵を眺めた。

黒いこうもり傘。

ガラスのコップ。

コップは、水で三分の二ほど満たされている。

半分の水を多いと思うか少ないと思うか、という心理テストがあったことを、なんとなく思い出す。

階段を下りていくと、慌ただしく家を出る準備をしている母親と、ダイニングテーブルで新聞をがさがさとさせながら悠々と日本茶をすすっている志村さんがいた。

「お母さん、あのさあ」

わたしが声をかけると、母親は化粧をする手を止めないまま、首だけをこっちに向け、ん？　と傾げた。娘が記憶を喪失したことにまったく慣れきっている。なんて順応性の高い人だ。

「わたし、自分が描いた絵とかどうしたんだろう？　絵の道具も何にもないけど」

「さあ。結構捨ててたみたいだけど」

「捨てた？」

信じられない。命の次に大切なもののはずなのに。わたしにとっては。「彼女」にとっては、そうじゃなかったのだろうか。

「わたし、最近はあんまり絵とか描いてなかったの？」

「そうねえ、しばらく見てないな。油絵の具のにおいで頭痛がするって言ってた。洋服とか髪ににおいがつくのも嫌だしって」

あんなに慣れ親しんだ油絵の具のにおいを、嫌だと言うのか「彼女」は。「彼女」、本当にわたしなんだろうか。わたしはまた、「彼女」に対して負の感情を覚える。

「お母さんたちもうお店行かなくちゃ。ご飯、テーブルの上にあるからね」

母親はばたばたと化粧品をポーチにしまい込み始めた。わたしが元気になったのにほっとしたのか、いつのまにか白髪も全部染めている。母親が女であることに遭遇するのは、未だ少し面食らう。

「彼女」も、絵描きであることより女であることを選んだのだろうか。

確かに油絵臭い女より香水臭い女のほうがもてそうだ。わたしは、油絵の具のにおいのほうが好きだけれど。好きな男に好きになってもらうために、自分にとって命の次に大切なものを手放すということ。そういうこともあるのかも知れない。でも、「彼女」の好きな男は細見くんのはずだ。細見くんが油絵のにおいを嫌うなんてこと、あるのだろうか。

道具はまた買えばいい。わたしには魔法のクレジットカードがある。でも、描いた絵は二度と手に入らない。わたしは肩を落とし、ダイニングの椅子に座り込む。

「でもあれ、朔美ちゃんの描いた絵だろ？」

志村さんが、新聞を読む手を止め突然言った。

「あるんですか？」

「俺たちの寝室の押し入れの中。朔美ちゃんに、しまっておいてくれって頼まれたのがあるはずだよ」

志村さんは立ち上がり、ちょっと取ってくると言って階段を上がっていった。母親はようやく化粧を終えると、もうお店行かなくちゃいけないのに、とぶつぶつ言いながら階上の志村さんを睨《にら》み、髪をブローするために洗面所に消えた。

志村さんはすぐに戻ってきた。お礼もそこそこに薄い紙に包まれたカンヴァスを受け取った。丁寧にその紙を剝がす。トレースに使う紙だ。わたしの描いた絵。一体何を？　どんなふうに？　体中をわくわくが駆け巡る。

けれど現れたカンヴァスを見ても、わたしはなんの言葉も発することができなかった。

だってそれは、絵じゃなかった。

カンヴァスに、ただ油絵の具が塗りたくられていただけのものだったのだ。

筆じゃなくて、カンヴァスナイフを使ったのだろう。油絵の具を、何色も何色も厚く厚く重ねている。赤や緑や青をびっしりと塗りあげ、その上を濃淡をつけた白でざらざらと覆っていた。

これは、なんだ？

なにが描いてあるんだ？

わたしはカンヴァスを手にして、ぐるぐると回してみる。グラデーションの実験画？　何かの絵を塗りつぶしたあと？　長方形のカンヴァスの四辺の、どこが上でどこが下なのか分からなかった。縦と横も分からなかった。手で触れてみる。時間の経った、固い油絵の具の固まり。サインもない。これが、「彼女」が最後まで手放さなかった絵？

「これだけですか？　他には？」

「他はないよ」

と志村さんは答えた。わたしは、もう一度カンヴァスに視線を落とす。

わたしはもっと他に、絵をたくさん描いたはずだ。美大を目指している間と専門学校に通っている間に、少なくとも十枚以上描いたはず。なのになぜこれだけ。他の絵をすべて捨てて、これだけを取っておいた理由が分からない。

でもそれを聞いたところで、志村さんにだって分からないだろう。

「ありがとうございます」

わたしはちょっとだけ頭を下げて立ち上がった。

「朔美ちゃん、僕に敬語は使わなくていいんだよ」

そう言った志村さんの言葉がどうしてか気に障って、聞こえないふりをして二階へ上がった。


自分の部屋をどれだけ探しても、他に絵は見つからなかった。

諦めた頃には十二時を過ぎていた。さすがにお腹がすいた。食欲は十七歳のままらしい。ぐーぐー鳴る音を聞き飽きるくらいに空腹だ。きっともう母親と志村さんはお店に行っただろう。馴染みのない家族と一緒よりも、一人でとる食事のほうが気楽でいい。

階段を下り台所へ入ると、美加ちゃんが食卓で本を読んでいた。わたしはそうっとシンクまで行くと、蛇口を捻《ひね》りがらがらと水で口をゆすいだ。

わたしの気配に気づくと、美加ちゃんは慌てて本をふせた。おはよう、そう言ったら、彼女は声を出さずに唇を、おはよう、と動かした。わたしも声を出さずに、おはよう、ともう一度言ってみた。唇が読めるのってテレパシーみたいで面白いな、と思ったけれど、母親に言われた言葉を思い出したので口にするのはやめた。

美加ちゃんの漆黒の長い髪は後ろで一つに結わえられ、顔には化粧っ気がなかった。今日も着ている灰色の膝丈ワンピースはパリジェンヌみたいで可愛いと言えなくもないけれど、二十歳が選ぶ洋服としては地味すぎる。

食卓に目をやる。ラップをかけられた一人分の食事が残されてあった。

「それ、わたしの分だよね？」

美加ちゃんはこくりとうなずいた。

冷めたスクランブルエッグと数切れのオレンジと、袋に入ったままの食パンが置いてあった。食パンは焼くのが面倒くさかったから袋から出してママレードを塗りたくりそのまま齧った。美加ちゃんは立ち上がり、マグカップに珈琲を注いで持ってきてくれた。

ありがとう、そう言って受け取ったマグカップは、白地に赤い花柄だった。髙島屋の包み紙みたいなやつ。

「このカップ、わたしのなの？」

美加ちゃんはまたうなずいた。思わずため息が漏れる。本当、「彼女」のセンス最悪。

ため息を吐《つ》ききって顔を上げたら、美加ちゃんは立ったまま真顔でじっとわたしを見ていた。すべてを見透かされているような強い視線に、どきりとする。もっとも、見透かされて困るようなことは全部忘れてしまったけれど。

「お母さんと、……お義父さんは、お店？　クリーニングの」

美加ちゃんは、こくりうなずく。

ああそうか。彼女はわたしの唇を読んでいるから、わたしがいつ話しかけてもいいようにわたしの顔をじっと見ているのか。彼女のまっすぐな視線の意味は分かったけれど、それでもこんなに見られるとそわそわする。

「今日は美加ちゃんは休みなの？」

こくり。

「どこか出掛けないの」

こくり。

「本読んでたの？」

こくり。

「本好きなの？」

こくり。

そのまま沈黙。やはり美加ちゃんは話をしてくれない。それは誰に対してもなのか、わたしだからなのか。それを判断できるほどはまだ彼女のことを知らない。教えてくれそうな気配もないけれど。

わたしのこと、嫌いなのかな。

間が持たなくて、美加ちゃんの淹れてくれた珈琲をすする。頼んでいないのに豆乳が多めに入っている。珈琲の好みはわたしも「彼女」も変わらないようだ。美加ちゃんは、自分の分の珈琲も淹れた。カップは、わたしのと同じ模様の青だった。豆乳は入れなかった。

美加ちゃんが椅子に戻ってわたしのほうを見たのを確認してから、もう一度話しかける。

「もしかして、わたし今まで美加ちゃんと手話で話してた？　もしそうならごめん、手話も全部忘れちゃったみたい。もったいないよねえ」

　冗談めかして右手で狐を作りながらそう言ったら、彼女は首を横に振った。

「手話、わたしできなかった？」

　こくり。

「彼女」は、手話を覚えることすらしなかったのか。普通、新しい家族が手話を必要としていたなら覚えたいと思うだろうに。「彼女」と美加ちゃんは仲が良くなかったのかも知れない。あるいは「彼女」は、あんまり優しい人間じゃなかったのかも。たぶん、両方ともが正解だ。

　ラップを剝がし、スクランブルエッグに手をつける。やっぱりお砂糖が入っていた。

「……か？」

　美加ちゃんが何か言った。余りにも小さな声で聞き取れなくて、そしてそれ以上に彼女が声を出す可能性を微塵も考えていなかったので、驚いて顔を上げた。え？　と聞き返すと、彼女はさっきより少し大きな声を出した。

「一緒に行こうか？　病院」

　美加ちゃんの声は、まるで小鳥のさえずりのようだった。柔らかく、小さく、甲高く、邪《よこしま》な思惑など微塵も含まれていない、澄んだ声だ。

なんだ、やっぱり声出るんじゃないか。驚きながら、わたしは笑顔を作る。

「大丈夫。細見くんに送ってもらうから」

美加ちゃんはほっとしたようにうなずいた。わたしたちは、一緒に出かけることに緊張感を覚えるような姉妹だったのだ。ちょっと淋しい。

「美加ちゃんの声可愛いね」

わたしがそう言うと、彼女は驚いたように目を見開いて、またまっすぐにわたしの顔を見た。

「もっと話せばいいのに」

美加ちゃんは、曖昧に笑った。そうして唇を四回動かして、そのまま下を向いて台所から出て行った。余りにも突然で、引き留めることもできなかった。

なんて言ったんだろう。

彼女が動かした唇の形を、わたしも真似してみる。

お、え、ん、え。

怒らせてしまったのだろうか。でも可愛い声だと思ったのは本当だし、もっと話をしたいと思ったのも本当だ。

　思ったことをそのまま口にするのは、そんなに悪いことなのだろうか。子供じみた行為をしてしまうのは、子供のわたしには当たり前のことなのに。

　美加ちゃんがふせた本のタイトルを盗み見る。記憶喪失者の手記だった。図書館のシールが貼ってあった。美加ちゃんは、わたしのことを心配して理解してくれようとしていたのだ、きっと。

　あとで、ちゃんと謝ろう。

　ため息をつきながら食パンを囓った。ふにゃふにゃの食パンは歯と歯の間ですぐに潰れた。やっぱりトーストにすれば良かったと思った。


　診察室から出て待合室へ戻ると、細見くんは受付に背を向け、喫煙室の脇にかけられたモネの『睡蓮』の前に立っていた。平日の午後の病院は混んでいて、ざわざわと知らない誰かの声たちがさざ波みたいに寄せてひいていく。まるでそこだけ音のない美術館に見えるほど、細見くんは真剣に、真剣に真剣に『睡蓮』を眺めていた。

なんとなく声がかけづらくて、わたしは近づいていってそうっと彼の隣に立った。細見くんは十数秒後わたしの存在に気づき、あ、と小さく声を漏らした。

「ごめん気づかなくて」

ううん、と首を振ってわたしも『睡蓮』を眺めた。

「細見くんて、モネ好きだったっけ」

わたしが尋ねると、細見くんは「うん、まあ」と言葉を濁した。

「高校時代は特別なんとも思ってなかったけど。なんだか綺麗すぎる気がして。でも今は、綺麗にすぎるものはないんだって思う。綺麗なだけで充分だ」

ふうん、わたしは唸りながら『睡蓮』を眺める。

わたしはやっぱり、あんまり得意じゃない。綺麗すぎるし、真面目すぎる。上手すぎる、と言っても良いかも知れない。モネの絵を見ていて、危険さとか不安さとか面白味は感じられない。綺麗で真面目で上手い、それだけだ。

モネは子供の頃、カリカチュアと呼ばれる漫画みたいな絵を描いていたそうだ。十五歳になる頃には町では知らない人のいない天才少年絵描きだったという。そういう話を聞くと、わたしはちょっとだけ意地悪な気持ちになる。だってその人、才能を持っていただけじゃないか。その人が偉いわけじゃない。それよりも、好きなものを延々やり続けて上手くなった人のほうが、数倍すごい。

神様は不公平だ。神様なんか信じていないけれど。

細見くんはわたしに向き直ると、診察どうだった？　と尋ねた。

「やっぱり脳には問題ないって。もし気が向いたなら、思い入れのある場所に行ってみなさいって。リハビリになるから」

「そう」

「ねえ、わたしと細見くんにとって思い入れのある場所ってどこ？　今から行ってみようよ」

思い入れのあるところ。細見くんはそうつぶやいて考え込んだ。わたしたち、二年も付き合っているのに思い出もないのだろうか。

「じゃあ、初めてデートしたところは？」

待ちきれなくてそう尋ねたら、細見くんはわたしを頭から爪先まで眺めた。

「その格好で大丈夫かな」

「格好？」

わたしが着ていたのは、グレイトフルデッドのTシャツに黒のミニスカート。膝上丈。足元は古着屋で買ったくるぶし丈のエンジニアブーツ。左手のギプスと頭の白い包帯が結構パンクだ。

「それより俺のほうが駄目かも。スニーカーだし」

細見くんは誰にともなくそう言い、

「ま、行ってみるか」

と笑顔を見せた。

細見くんが連れて行ってくれたのは、市内から車で随分と行った山の中にある、一軒家レストランだった。

「もともとは東京の代官山でお店をやっていたシェフが、何年か前にこっちに帰ってきて出したらしくて」

と、細見くんはわたしに説明をしてくれた。

「雑誌で見て、どうしても行ってみたいって朔美が」

客商売をする気があるのかと不安になるほど小さな看板には、ラ・キュイジーヌ・なんとか、と筆記体で書いてある。お店の名前なのに読めない。隣には、赤と青と白のフランスの国旗。風がないのではためいてはいない。

木製の大きなドア。三角屋根。小さな窓がいくつもあって、宗教画的な色とりどりのステンドグラスがはめられている。フレンチレストランか。フレンチなんか、もちろんわたしは食べたことがない。

「『彼女』、そういうの好きだったの？」

「彼女？」

「あ、二十七歳のわたしのこと」

細見くんは、彼女か、と小さくつぶやいてからうなずいた。

「そうだね。なんていうか、東京っぽいものとかお洒落なものが好きだったよ、『彼女』は」

ふうん、と唸りながらわたしは店に近づいてみる。ドアのわきにある小さな窓から中を覗く。ステンドグラスに邪魔されて中はよく見えないけれど、なんだかただ事ではない雰囲気だけは伝わってくる。

目を細めたら、白いシャツの姿勢のいい男の人がワインをサーブしているところが見えた。着席しているお客さんは品のいいスーツ姿で、確かにTシャツやスニーカーで入れるような店ではないらしい。

正直に言えば、あんまり好きな雰囲気じゃなかった。こんな堅苦しいところより、駅前のミスドのほうが断然いい。ドアに手をかけた細見くんの腕を、摑《つか》んで止めた。

「違う店にしよう」

「リハビリは？」

「今日はいいよ。帰ろう」

細見くんの腕をぐいぐい引っ張ったら、細見くんはようやく、分かった、と言ってドアから手を離した。

「あのお店、わたしたちよく行ったの？」

「うん。記念日とかに」

「でもわたし、お酒飲めなかったわけでしょう？　フレンチって言ったらワインじゃないの」

「『彼女』はいつも水を飲んでた。ここはフランスパンが自家製ですごく美味しいんだけれど、それにも手をつけなかった」

ここでも炭水化物抜きか。

「面倒臭い女」

「そう、面倒臭いんだ。適当な店に入ろうとすると怒るし、同じ店に連れて行くと手抜きだって言うし、そのくせあんまり食べないし」

へえ。

わたしは、まるで知らない人の話を聞くように、わたしの話を聞いた。細見くんはいつも無口なのに、「彼女」の話はどこか嬉しそうに語った。そんな面倒臭い女、なんで好きだったの？　と、聞いてみたかったけれど、さすがにそれは口にできなかった。

細見くんが好きになってくれた「彼女」は、どんな人だったのだろう。「彼女」のどんな美徳に、細見くんは惹かれたのだろう。今のわたしよりも魅力的な、十年後のわたし。

「でもリハビリのためには、また改めて来なくちゃいけないよな、この店」

できたら給料日後がいいなあ、とぼそりと細見くんはつぶやいた。

「あの、それについてご相談なんですけど」

わたしが言うと、細見くんは唇に微笑みを残したままわたしの顔を見た。やっぱり整った顔だなあ、と思う。

「リハビリついでに、恋愛を、もう一回やり直す、っていうのはどうでしょうか」

わたしの言葉に、細見くんはきょとんとして数回まばたいた。

「やり直す？」

「そう」

「恋愛を？」

わたしは、鞄の中からハンカチにくるんだ写真の束を出す。昨日アルバムからばりばりとはいだ、十年分の記憶の記録。失われた十年が存在する証明。

わたしは彼を好きになりたい。

彼がわたしを好きなのだと、もっともっと思い知りたい。実感したい。そうしたらわたしは本当に、自分が幸福で運がいいのだと信じることができる。

細見くんはわたしの顔を、繁華街で問題児に遭遇した学校の先生みたいな表情でしばらく眺め、それから、ちょっと困ったように笑ってうなずいた。彼にとってみれば、十も年下の女の子の、小さな我が儘にすぎないのかも知れない。

それでもその軽やかな微笑みはわたしを安心させるのに充分なもので、「彼女」が彼を好きになった理由が、分かる気がした。


わたしたちはそうして、リハビリをすることになった。

リハビリというとなんだか大変そうだけれど、わたしのするのは「記憶のリハビリ」、デートの再現だ。楽しみ、なんて思ってしまうのはその大変さが他人事みたいに思えるからだろうか。正直に言えば、細見くんが毎日わたしと会ってくれることが何より嬉しかった。

まず最初に行ったのは、遊園地だった。

いや、正確には「遊園地跡地」だ。広い敷地には遊具は一つもなくコンクリートさえはがされて、延々と茶色い空き地が広がっていた。その敷地のはじっこにぽつんと立っている看板には、『アウトレットモール予定地』と無愛想に書いてあった。

「都市開発で、半年前に壊されたんだって。休園したのは知ってたんだけど」

ごめん、と細見くんは言った。細見くんのせいではまったくない。わたしは、手に持っていた写真を眺めた。大きな観覧車の前で、「彼女」と細見くんが笑っていた。

太陽の方角から、観覧車があったと思われるほうを推測し目をやる。なにもない。ただ、遠くに山と田んぼが見えるだけ。足元の土は、まだ軟らかい。

「ここの遊園地、子供の頃よく来たんだよ」

「うん」

「お母さんと二人でね。死んじゃったお父さんとも来たらしいんだけど、記憶はないんだ。あ、事故と関係なく、小さすぎてって意味ね」

「うん」

「お化け屋敷がおんぼろでさ、人形が動く錆《さ》びた機械音がするんだよね。ぜんぜん怖くなかった」

「うん」

「怖くなかったけど、でも怖かったな」

ぐるり、周りを見回した。数百メートル先には、民家もちらほらと見える。あの家に住む家族に子供はいるだろうか。もしいたなら、きっとこの遊園地に何度も訪れただろう。

　たぶんこの辺りの人々はみな、この場所に思い出がある。それなのに思い出の入れ物である遊園地は、もうない。記憶だけじゃなくて、遊園地がなくなっちゃうこともあるのか。それは思いつかなかったな。

「デートのやり直し、これじゃできないね」

「うん」

　ごめん、ともう一度細見くんは言った。

　わたしはしゃがみ込み、地面に触れた。軟らかな茶色い土だった。少し湿っていた。落ちていた石を使って、土の表面を少しだけ削った。ポケットからハンカチを出し、一握りの土を摑んでくるむ。消えてしまわないものが欲しかった。手で触れることのできるものが。温度を持ちにおいを持ち、目で見え触れるものが。

「それ、どうするの」

　細見くんが不思議そうに尋ねた。

「別に」

　とわたしは答えた。

土は、ハンカチ越しでもひんやりと冷たかった。温度のあるものはいい。温度のあるものは簡単に信じられるから、いい。

次に行ったのは動物園だ。

動物園はまだあったからほっとした。けれどわたしが知っているものよりも随分と古ぼけていた。檻《おり》の前の鉄柵は錆びて赤くなっているし、平日の昼間であることを差し引いてもお客さんはぽつぽつとしかおらず、活気もなかった。ついでに暑さのせいなのか掃除が行き届いていないのか、動物のにおいが強くてあまり長居する気にはなれなかった。ツキノワグマはいたけれど北極熊はいなかった。

小さなお土産物屋さんがあったので覗いてみた。安っぽいぬいぐるみがたくさん売られていた。白い熊を手に取って見てみる。MADE IN CHINA と書かれたタグがついていた。

「北極熊、いなかったのにね」

「北極熊？」

「あ、白熊のこと。なぜか親近感を抱いてしまうんだよね」

わたしが言うと、細見くんは小さく笑った。

「それ、欲しい？」

買ってくれるつもりだろうか。わたしは首を横に振った。気持ちは嬉しいけれど、本当に欲しくなかった。ぬいぐるみを棚に返すわたしを見て、細見くんは「だと思った」と言った。

「なんで？」

「『彼女』も、ぬいぐるみは嫌いだったから」

試したの？　と言いたかったけれど、やめた。細見くんもきっと、わたしが「彼女」とあまりに違うことに戸惑っている。

「クリスマスに、『彼女』にぬいぐるみをプレゼントしたことがあるんだ。そのときに、目があるものは苦手だから返品交換してきてって言われた」

酷い。

「ごめんね」

「いや、そう言ったのは君じゃないから。謝らないで」

細見くんは慌てて言った。納得しかかったけれど、小さな違和を感じる。細見くんにとってわたしは、「ぬいぐるみをあげた彼女」とは違う人間だってことだ。つまり、彼の恋人は「彼女」であって、わたしではない。少しだけ、胸にきりりと刺す痛み。

「ねえ、ぬいぐるみ返品してなにをあげたの？　もしかして、赤い毛糸の帽子じゃない？」

あの『HAPPYBIRTHDAY』は、神様に対してのメッセージかも知れない。だったらクリスマスプレゼントでもおかしくない。毛糸の帽子なら、誕生日よりクリスマスのほうが納得できるし。しかもあの帽子は使用済みだった。恋人以外の人からそんな物を貰ったら、気持ち悪くてすぐに捨てる。

しかし細見くんは首を横に振った。

「赤い帽子は知らない。俺があげたのは手袋だよ」

「手袋」

「そう、青い手袋」

家に帰ったら探してみよう。貰ったのは「彼女」だけれど、今はわたしのものだ。

「彼女」のものはすべてわたしのもの。

細見くんだって、いつかはわたしのものになる。たぶん。

映画館にも行った。

公園にも行った。神社にも行った。

デパートにも行ったし、図書館にも行った。美術館にも行った。サッカー場にも行った。サッカーはルールが分からなかったからつまらなかったけれど、細見くんが楽しそうだったから良かった。わたしは試合じゃなく細見くんの横顔ばかり見ていた。

わたしたちは毎日、いろんな場所に出かけていって、いろいろなものを見た。でもわたしの脳みそが何かを思い出そうとする気配はまったくなかった。

それでも、細見くんはいつもわたしに優しかった。

恋人だから優しいのは当たり前なのかも知れないけれど、わたしには彼が恋人だと思える確かなものは何にもなくて、むしろ優しくされるたびにどきりとした。手も繋がないし、キスもしないし、それ以上もないし、恋人みたいなことは何にもしていないけれどでも。

運転席に座る彼の横顔を見るたび。

彼が「大丈夫？」と気遣ってくれるたび。

彼が笑いかけてくれるたび。

彼の目の中に映る自分の姿を見つけるたびに。

これって、立派なデートだよな。

と、何度も思った。

彼にとってはかつてのデートでも、わたしにとっては現在のデートなのだ。

「ねえ、もしもわたしが一生このままだったらどうする？」

「このまま？」

「記憶が戻らないままだったら」

記憶が戻ったら、今のわたしはどうなるのだろう。二十七歳の体で十七歳の頭を持つ今のわたしは、記憶を取り戻したらまた違う人間になる。「彼女」にそのまま戻るのか、あるいは今のわたしの記憶もある「彼女」なのか。いずれにしろ、その人はまた違うわたしだ。

そう思うと、不思議な気分だった。わたしは、どのわたしでいることが一番正しいのか、分からない。どのわたしが本当のわたしなのか分からない。

細見くんは微笑んで、

「どうもしないよ」

と答えた。模範的な答えだ。細見くんは優しい。彼はきっと、どんなふうになってもわたしを捨てない。その理由が好きだからじゃなくてただの責任感だったとしても、愛にはかわりない。

もうひとつ質問してみる。

「細見くんは『彼女』の何が好きだったの？」

「理由なんか必要ないよ」

「必要あるよ」

「ないよ」

「強いて言えばでいいからさ、なんか言って」

細見くんは笑って、じゃあ強いて言えば、と言った。

「『彼女』は、自分の気持ちに真っ直ぐな、子供みたいな人だったよ」

だから好きなの？　と聞こうと思ったけれどやめた。「子供みたいな」が人を好きになる理由になるなんて、今現在子供であるわたしには理解できない。

わたしはあるよ、細見くんを好きな理由。

いまはまだ淡い気持ちだけれど、でもきっと時間の問題だ。細見くんは完璧だ。美しく清潔で真面目で優しい。モネの絵みたいに。細見くんに恋をすることなど、きっと誰にとってもとても簡単なこと。もちろんわたしにとっても。

そう言いたくて、でももちろん言えなかった。細見くんが好きなのはわたしじゃないって知っているからだ。細見くんが好きなのは「彼女」だ。「彼女」はわたしだけれど、わたしじゃないわたしなのだ。

手を伸ばせば触れられるのに、一応恋人同士なのに、デートなのに、彼が何もしないのはわたしが「彼女」じゃないからだ。

「彼女」になりたい。でも変だな、わたしは「彼女」なのに。

ライバルが十年後の自分っていうのはちょっとすごいな。そう思ったら笑えた。記憶をなくしてはじめて感じる、本当のおかしみだった。助手席で声を出してげらげら笑ったら、細見くんは不思議そうな顔でわたしを見た。

家に帰って青い手袋を探したけれど、見つからなかった。

5

煙草のにおいがする。

なんだっけ、この煙草の種類。誰だっけ、この煙草を吸っていた人。

知っているような気がするのだけれど、頭が上手く動かない。仕方がない。わたしはまだ夢の中にいるのだ。

ゆっくりと目を開ける。

窓際に誰かがいるのが、ぼんやりと目の隅に映る。

逆光の中にたたずんでいるその人の背中の線を、視線でなぞる。ゆるやかな曲線。

懐かしい人だ。大切な人だ。ああ、ずっとあなたに会いたかったんだ。

名前を呼ぼうとして止まる。

わたしは、あなたの名前を忘れてしまった。

「起きた？」

窓際の人影が言った。はっと、我に返る。

夢を見ていた。

「なんだ、薫ちゃんか」

わたしは寝転がったまま、窓際に立つ薫ちゃんのほうに顔だけ向けた。その瞬間、さっきまで見ていた夢も忘れてしまった。

「相変わらずよく寝るな。高校の時もあんたいつも寝てた」

「そう？」

「授業中もだし、絵描いてる途中に寝てたこともあった」

そうだっけ。薫ちゃん、よく覚えている。薫ちゃんにとっては十年も前のことなのに。

記憶力がいい人は信用ができる。一日一日を大切に生きているその証拠のような気がするからだ。十年分も忘れてしまったわたしは、ものすごく信用ならない人だってことになってしまうけれど。

わたしはため息をついて起き上がり、時計を見た。朝の十時ちょっと前。

「今日は、細見の代わりに来たから」

　ベッドの上で伸びをするわたしを腕を組んで眺めながら、薫ちゃんは言った。手にしていた煙草を携帯灰皿の中に押し込んで消す。

「あいつ、もう有休やばいんだって。あんたに付き合いすぎて。だからしばらくあんたのリハビリに付き合ってやってくれって頼まれた」

　細見くん、今まで仕事休んできてくれていたのか。そういえば確かにずっと平日だった。悪いことをしたな、という反省と、しばらく彼に会えないのか、という寂しさが入り交じる。子供だったら毎日学校で会えるのに、大人ってやっぱりつまらない。

「薫ちゃんは？　仕事いいの？」

「うん。自由業だし」

「なにそれ。自由が仕事だなんていう大人がいるの」

　薫ちゃんはそれを聞いてけらけらと笑った。いいね、職業、自由。

　もう一度大きく伸びをする。大人はいろいろ大変だな。わたしは記憶をなくしていろいろ楽だ。薫ちゃんはわたしの傍にやってきてベッドにどすりと腰掛け、わたしの顔をまじまじと見た。

「なに」

「あんた肌、綺麗になったねえ。やっぱ精神が若返ると肌も若返るのかな」

薫ちゃんはそう言いながらわたしの顔に自分の顔を近づけてじっと眺め、言った。

「ね、あんた処女なんだよね」

あまりにも直接的な質問に、思わず体が硬直する。

「思い出したんだよね。高三の夏休みの合宿のときに、あんた『大貧民』で負けて告白してたよ。自分はまだ処女だって。あんたの記憶は高二の十二月まででしょ？　ってことはそういうことじゃない？」

「彼女」、そんなこと人に言いふらしたのか。最悪だ。

「別に機会がなかったわけじゃないし。途中まではしたし」

わたしが慌てて言い訳すると、薫は「それも言ってた」とにやにやした。本当、「彼女」のやつ。

「ってことはあんたは、肉体はさておき精神的処女ってことでしょう？」

「そういうこと言うのやめてよ」

「うわ、その言い方処女っぽい」

薫ちゃんはそう言って笑った。精神的処女。確かに。

では、肉体はどうなんだろう。

二十七なんだし恋人もいるんだから、もちろん処女ってことはないだろう。そういう、肉体部分も記憶がないっていうのはすごく違和感がある。体は覚えていないのだろうか。誰かに触れられたこと。誰かに触れたこと。その感触を、わたしの指は手のひらは体中の皮膚は肌は粘膜は、なにも覚えていないのだろうか。

精神的記憶喪失と肉体的記憶喪失は、同時に起こっているのだろうか。忘れたのは、脳だけのはずなのに。

「さて、出掛けようか」

わたしの感慨も知らず、クロゼットを勝手に開けた薫ちゃんはひょいひょいと今日わたしが着るべき服を選び出してベッドの上に投げた。

「どこへ？」

「決まってるでしょう。二十七歳のあんたを探しにだよ」

そうハードボイルドに言い放ち、薫ちゃんはクロゼットをばたんと閉めた。

そのビルは余りにも古ぼけていて、しかもやたらと細長かった。築四十年は軽く超えているように見えるし、メンテナンスも悪く、壁のそこかしこにヒビが入っていた。直下型が来ようものなら、震度一でも危なそうだ。

四階建てなのにエレベーターは見当たらず、わたしたちは狭い薄暗いコンクリートの階段を恐る恐る上り始める。昼間なのに灯りが必要で、しかも吊されている電球は切れかかってちかちかしている。

「ほんとにここ？」

「住所は合ってる」

わたしたちは蜘蛛《くも》の巣を避《よ》けるために屈みながら階段を上がる。足をおろそうとした場所に虫の死骸があって、ぎょっとして慌てて避ける。カナブンだろうか。仰向けで、何本もの足を天井に向けてぴくりとも動かない。

そこに、数十匹の蟻《あり》が群がっていた。

わたしは足を元の段に戻し、中腰のままそのさまを眺める。食物連鎖。蟻によって、カナブンの体は消える。では、魂はどの時点で消えるのだろう。それとも永遠に消えないものなのか。わたしの体は残った。わたしの魂はまだ、わたしの中にあるのだろうか。

「なに？」

立ち止まっているわたしに、薫ちゃんは不機嫌な声を出した。

「虫ってさ、虫食べるんだよねえ」

なに、気持ち悪いな。

そう言って、薫ちゃんはわたしを先に促した。

四階右奥の部屋のすりガラスの扉には、「阿部デザイン事務所」と確かに書いてあった。

「なんか闇金みたい」

薫ちゃんがぼそりと言った。闇金の事務所なんか見たことがなかったけれど、薫ちゃんの言わんとすることは分かる。なんとなく、いかがわしいのだ。

そうっとドアノブを回す。鍵はかかっていなかった。すみません、声をかけてみたけれど、返事はない。

「誰もいないのかな」

躊躇《ちゅうちょ》するわたしをよそに、薫ちゃんはずかずかと事務所に入っていった。わたしも続いて中に入る。

簡素な事務机が四つ、そのそれぞれにはデスクトップのパソコンが置いてある。奥には大きな本棚。雑誌だの図鑑だのが並んでいる。その前には赤茶色のソファと低いガラス机の簡素な応接セットがあった。四つのうち三つの事務机はお世辞にも綺麗とは言えず、ありとあらゆる色彩に彩られたありとあらゆる紙類で溢れていた。

広告デザインを主に取り扱う会社なのだろうか。

机の上に置いてあった紙を一枚手に取る。そこには異常に胸の大きな下着姿の女の子が、口を半開きにしているイラストが描かれていた。その横に、何かメカっぽい筒状のものの写真。なんだこれ。

「なんだろ、これ」

わたしがつぶやくと、薫ちゃんが覗き込んできた。

「ああ、たぶん大人の玩具《おもちゃ》だな」

大人の？　それってようするに、とわたしが言いかけるのを待たずに薫ちゃんは肩をすくめ言った。

「バイブかオナホールだろ」

さらりと口に出された台詞におののきすぎて、わたしはそれ以上聞くことができずただイラストとその横のコピーをまじまじと眺める。何となく知っていたけれど、本当に存在するのか。二十代も半ばを過ぎると普通にみんな持っているものなのだろうか。わたしは、イラストを裏返しにしてそうっと元あった場所に戻した。

事務所の中を見回してみる。さらにいかがわしいものが目につきはじめる。パチンコ屋ののぼりや、アダルトゲームのポスター、大人の玩具のパッケージ。半裸の女の人の実物大パネル。どぎついピンクと、目と胸と太ももが異常成長したアニメっぽい女の子たちの絵が、ありとあらゆるところにあった。

「ねえ、ここってデザイン事務所だよね？」

わたしがおそるおそる口にすると、

「まあ、デザインったっていろいろあるからねえ」

と薫ちゃんは平常時と変わらないテンションで答えた。そうかも知れないけれど、でもわたしが思っていたのと違う。全然違う。

なんだか、これ以上ここにいてはいけない気がしてきた。

わたしの希望、わたしの夢。このままでは、幻滅し続けるに決まっている。今のうちに帰ろう、そう思ってドアのほうに体を向けたら、うわ、と後ろで薫ちゃんが悲鳴を上げた。慌てて振り返ってぎょっとする。

薫ちゃんの足元に、とてつもなく大きな黒い芋虫が転がっていた。芋虫は、痛え、とつぶやいて中から男の顔を吐き出した。

ジッパーが、しゃーっと音を立てて開かれる。よく見れば、それはただの寝袋だった。男はのそのそと起き上がり寝袋から這い出てきた。

「蹴らないでよ」

「すみません、そんなとこに人が寝てると思わなかったから」

「どこで寝ようと勝手でしょうが」

寝袋から這い出てきた芋虫男は、よれよれのシャツによれよれのパンツを穿いていた。無精髭が無精に生え、髪もぼさぼさだった。体はがりがりで、手首なんかわたしよりも細そうだった。怪しすぎる。街で見かけたら、絶対ホームレスの人だと思う。なるたけお近づきにはなりたくないタイプだ。

芋虫男はわたしに視線を移すと、あれ、とつぶやいた。

「辞めたんじゃなかったの、会社」

この人はわたしを知っているらしい。この事務所の人のようだ。

「席もほら、もうあれだし」

男の指さすほうを見る。事務机の一つに、小さな段ボール箱が置いてある。

「あれ私物だからちょうどいいよ。持って帰れば？」

「あの、わたしのこと知ってるんですか？」

「知ってるよもちろん」

男は、あー、と唸りながら頭を両手でがりがりと掻いた。まだ寝ぼけているようだった。ただでさえぼさぼさの髪がさらにぼさぼさになる。黒い寝袋の上に、白いふけがばさばさと振って積もった。

「そうか、事故だっけ。良かったねたいしたことなくて」

白いふけに、薫ちゃんは明らかに顔をしかめた。

「すみません、他の社員さんは」

「いないよ。俺だけ。志村さん辞めちゃったから」

嫌味っぽくそう言ったあと、どうぞよろしく、と芋虫男は片手でわたしと薫ちゃんにひょいひょいと名刺を渡した。名刺には、阿部デザイン事務所代表、阿部浩一と書かれていた。芋虫男はさらに机から封筒を取り出す。

「で、これが志村の退職届なんだけど。事故に遭う前に事務のやつに渡しに来たらしいよ」

わたしは封筒を受け取り、中身を出して開いてみる。そこには、一身上の都合で退職するという旨と、わたしの名前、そして日付が書かれていた。確かにわたしの字によく似ていた。

「これって」

薫ちゃんが、退職届をのぞき込みながら言った。わたしは小さくうなずく。日付は、六月十二日。わたしが事故にあったのと同じ日だった。

偶然なのだろうか。

芋虫男あらため阿部浩一は、壁に掛けられた時計に目をやると、うわ、もうこんな時間、と焦ったような声を上げ、パソコンに向かった。一時になろうとしていた。

わたしはそうっと阿部さんの後ろに回り込み、パソコンの中をのぞき込んだ。ＷＥ

Ｂページのデザインのようだ。豊満にも程がある大きな胸の谷間に麻雀牌を挟んだ女の子の絵の上で、カーソルを動かしている。

「携帯の麻雀ゲームかな」

薫ちゃんがつぶやく。阿部さんはパソコンを覗き込んだまま、当たり、と答えた。

「わたしも、そんなのを作ってたんですか」

「そんなの？」

阿部さんはマウスを動かす手を止め、振り返って真顔でわたしの顔を見た。

「当たり前だろ。仕事なんだよ」

阿部さんは言った。

「お前が今『そんなの』って思ってるもんが、お前の仕事だったんだよ」

鋭い声に、わたしは言葉を失って黙り込む。仕事。わたしの仕事。

「ま、もう辞めちゃったやつは関係ないけどね」

阿部さんはそう言って唇を歪《ゆが》ませて笑い、またパソコンに向かった。

事務所の傍の公園にある木陰のベンチに座って、段ボールの中身をあらためる。

入っていたのは、ボールペン二本と4B鉛筆一本、カラーマーカー十二本セット、志村のシャチハタ印、それからスケッチブックが一冊だけだった。わたしは会社に、あんまり私物を置いていなかったみたいだ。それが、わたしの仕事に対する愛情とか熱意のなさの証明みたいな気がして、ほんの少し気が滅入った。

夏の午後の公園には風一つ吹かず、わたし以外誰もいなかった。薫ちゃんは、スタバに珈琲を買いに行ってくれている。周囲を見回して誰もいないのを確認してから、スケッチブックを開いた。

最初のページは、雑な人物スケッチだった。

誰かの顔を描こうとしているのだろうけれど、骨格のラインさえ定まっておらず、ただ闇雲に鉛筆を走らせているのが分かった。描きたくてたまらないのに、どう描いていいのか分からない、鉛筆の線はそう告げていた。髪は短髪で首が太いから、きっとモデルは男の人だ。細見くんかな、一瞬そう思ったけれど、細見くんは首も顎も細くて女性的だから、きっと違う。

ページをめくる。

ふたたび誰かの顔のスケッチを試みている。けれどそれは、鉛筆で上からぐちゃぐちゃに塗りつぶされてしまっている。

次のページは、白紙だ。

その次も白紙。その次も。

なんだかその白が目に痛くて、わたしはスケッチブックを閉じた。

「彼女」は一体、何を描こうとしていたのだろう。何が描けなくて憤っていたのだろう。今の、思い出したいのに何を思い出したいのか分からないわたしの頭の中と奇妙にリンクして、わたしはため息を吐く。分からないことが多すぎる。

ベンチに座ったまま、空を見上げた。

太陽が眩しい。空は青く、白い雲がふやふやと浮かんでいる。風はない。

目を閉じてみる。まぶたの上に、何かが浮かぶ。それこそが真実みたいな気がして、目の裏を横切るさまざまな色彩のちかちかを見ようと、目を閉じたまま目を凝らす。

わたしは、何を描きたかったのだろう。誰を描きたかったんだろう。その人は、実在するのだろうか。

突然、まぶたの上に暗闇が訪れた。

はっとして目を開けると、目の前ほんの三十センチのところに、女の人が立っていた。知らない人だ。

わたしの上に、彼女の形の影が真っ直ぐに落ちていた。血の気の多い赤い唇がかすかに微笑んでいる。その表情はたおやかで、ラファエロの描く聖母マリアの肖像を思い出させる。

三十代頭くらいだろうか。化粧気はない。黒いシフォンのパンツに黒いブラウスを着ていた。こんな暑い日に黒尽くめだなんて、変わっている。

「笙野さん、事故に遭われたんですって？」

彼女は言った。

この人も、失われた十年の中の登場人物らしい。わたしは慌てて笑顔を作る。

「もう大丈夫なの？」

「あ、はい。おかげさまで。頭の傷とこの腕くらいです」

わたしは左手のギプスを掲げてみせる。彼女はギプスに少しだけ目をやり、微笑んだまま、そうですか、残念、と言った。

残念？

わたしはきょとんとして彼女の顔を見た。

聞き違えたのだろうか。

だって顔と言葉がこんなにそぐわないなんて変だ。彼女は変わらずたおやかな微笑みを浮かべ続け、言った。

「残念。死んじゃえば良かったのに」

わたしは、笑顔のまま硬直する。彼女は笑い顔のわたしにさらに笑顔を向け、丁寧に頭を下げて背中を向けた。わたしはぼんやりとしたまま、その後ろ姿を見送る。

今、なんて言った？

夏の初めの太陽がじりじりと世界を焼いている。それなのにわたしの背中は今、凍りついて一筋の汗も流れていない。

あの人は、誰だ。

凍えそうだ。混乱はやがて恐怖に顔を変える。わたしは携帯電話を取り出し握りしめた。薫ちゃん。お願い早く帰ってきて。

「心当たりはないんでしょう？　その女に」

わたしにスタバのキャラメルマキアートグランデサイズを手渡しながら、薫ちゃんは言った。わたしは、うん、と小さくうなずいて、紙コップを口に運んだ。熱くて甘い珈琲が喉の奥に流れ込むと、少しだけ救われたような気分になる。

「じゃ、忘れなよ。知らない人に何言われたって気にすることない」

薫ちゃんはドライにそう言い放つと、わたしの隣に座った。公園のベンチは、凍えたわたしの体のせいですっかり冷え切っている。

心当たりはない。もちろんない。

でもきっと「彼女」は、あの女の人にあんなことを言わせてしまうような酷いことをしたのだ。それほど大きな悪意をぶつけたくなるようなことを。

失われた十年。

なにも問題はないと思っていた。絵に関わる仕事をしていて、恋人もいて友達もいて、家族も増えてそのおかげで経済的に楽になっていて。プラスばかりでマイナスなんか一つもなくて。

でも。

「大人のわたしって、結構嫌なやつだったのかも知れない」

「え？」

「事務所の阿部さんもわたしのこと嫌いみたいだったし、義妹の美加ちゃんもわたしが苦手っぽいし、さっきの女の人なんかわたしを憎んでいた。二十七歳のわたしは、誰かに死んで欲しいと思われるような人間だったんだよ、きっと」

薫ちゃんは肩をすくめて珈琲を一口含んだ。あつ、小さくつぶやくかすれた声に、少しほっとする。薫ちゃんがいてくれて良かった。今一人だったらわたし、もうどうしようもない気分になっていたに違いない。

「薫ちゃんは、二十七歳のわたしと友達でいてくれてありがとう」

薫ちゃんは、わたしの顔をすっと見た。記憶をなくしてから初めて目があったときのような、何かを探る鋭い目だった。殺し屋。最初にそう思ったことを思い出す。

「友達じゃなかったよ」

薫ちゃんが言った。わたしは思わず、え、と聞き返す。

「性同一性障害のこと相談したとき、あんた、気持ち悪いって言った。あたしが友達なのは、十七歳のあんた。もしあんたの記憶が戻ったら、またたぶん、あんたを嫌いになるよ」

薫ちゃんの目が、まっすぐにわたしを見ている。わたしは何を答えたらいいのか分からず、視線を外すこともできない。

と、突然薫ちゃんの視線がふっと和らいだ。

「なんてね」

薫ちゃんはそう言ってベンチから立ち上がり、さ、帰ろ、と言ってスタバのカップをゴミ箱に投げ捨てた。


薫ちゃんと別れて、家までの道を延々と歩いた。空を見上げる気分にはなれなくて、足元ばかり眺めていた。

見えるのは、アスファルトと石とわたしの足と、落ちている何かにたかる蟻だけだった。蟻はいいな。何も考えなくていいから、とぼんやりと思った。

失われた十年、と口の中でつぶやいてみる。

その時間の中で、わたしは一体どれくらいの人間に関わったのだろう。どれくらいの人たちを傷つけたのだろう。どんな酷い言葉をぶつけ、どんな酷いことをしたのだろうか。それは、今のわたしには想像もつかないことだ。何をしたかも知らないのに、償うことなんかできるわけがない。

本当はみんな、わたしのことが嫌いなんじゃなかろうか。

空がゆっくりと暮れていく。

淡いグラデーションを描く紺色の空に目を凝らす。空と町との境目に、宵の明星が見える。でもそれだけ。暗い空には他には何もない。見えないならないのと一緒だ。

星って、昔はもっとたくさんあった。

少なくとも十七歳のわたしが見上げていた夜の空には、もっともっと星があった。十年前より空が汚れてしまったのか、あるいはわたしの視力が落ちてしまったのか。

昔は良かったとか、そういう台詞。映画やドラマや小説の中で、年寄りたちがよく口に出す台詞。

あれって嘘だと思っていた。新しいもののほうが絶対にいいし、未来のほうが楽しいに決まってるって、進む先には光が溢れてるって心の底から信じていた。

だけど。

光のないわたしの未来。まるで頭上の夜空のように。

戻りたいな。

なくす前にじゃない。本当の十七歳の頃に戻りたい。そうしたら、孤独な大人になんか絶対ならない。人を大切にして、みんなを大切にして、優しくする。愛される人に絶対になる。でも後戻りは一秒だってできない。なくすことはできても、足すことはできないのだ。

ああ、また北極熊の気分だ。

こんな最低な夜に、わたしを助けてくれる人。

思いつくのは一人しかいなかった。

細見くんはすぐに来てくれた。

待ち合わせの公園に息を切らして走って現れた彼に驚いて、「そんなに急がなくていいのに」と思わずつぶやく。

「ちょうど仕事終わったとこだったから」

彼は笑顔のまま言った。その笑顔に、ほうっと思わず息を吐く。それで、自分がずっと息を止めていたことに気づいた。わたしの電話を、急な呼び出しを、嬉しいと思ってくれる唯一の人。自分のために駆けつけてきてくれる人の存在に、わたしの心は少しだけ救われたような気分になる。

「どうしたの」

「どうってことはないんだけど」

なんて言っていいのか分からなくて、わたしは空を見上げる。気のせいなのは分かっている。でも、一人で見たさっきよりも星が多く感じられる。ただ夜が更けただけかも知れないけれど。

細見くんが、いてくれてよかった。

彼しかわたしを好きでいてくれないから。それだって、人が人を好きになる理由になる。少なくとも、今のわたしにとっては彼だけが救いで、彼だけがわたしの味方だった。

「連れて行って欲しいところがあるんだよ」

たぶんもう一人だけ、わたしにはこの世界に味方がいるはず。

老人ホームに来るのは、失われた十年をのぞいても久しぶりだった。

美智ばあちゃんは、お母さんのお母さんにあたる。うちの母親は一人っ子だ。だからおじいちゃんが天国へ召されたあとは、三人で一緒に暮らすはずだった。けれど美智ばあちゃんは、

「子供の世話になるなんて我慢ならない」

とさっさと家を売りおじいちゃんの死亡保険金を全部使い老人ホームへ入所したのだった。わたしが十五歳のときだった。その時点で七十過ぎだったから、今はもう、八十歳をとうに超えていることになる。

受付で面会を申し込んだら、受付にいたお姉さんは少し困ったような顔をした。やたら毛量が多いお姉さんだった。キティちゃんらしき白い猫のマスコットが付いたゴムで、髪を二つに結わえていた。

「面会時間は十九時で終わりなんです」

時計を見た。十九時を十分だけ過ぎたところだった。たった十分。

「ちょっと顔を見るだけでもいいんですけど」

「決まりですので」

毛量の多いお姉さんの着ている薄黄色のポロシャツの左胸には、「鳥井」という名

札があった。せっかくここまで来たのだ。このまますごすご帰る気にはなれないし、連れて来てくれた細見くんにも悪い。わたしは一歩前に出る。

「あの、わたし見ての通り怪我をして退院したばかりでして」

鳥井さんに左手のギプスを掲げてみせながら、弱々しく、重い怪我人のふりをする。

「おばあちゃん、すごく心配してくれてたんですよ。だから元気だって伝えたいだけなんです。五分で終わりますので、会わせて貰えませんでしょうか」

わたしが言うと、鳥井さんは怪訝な顔をした。

「心配をして？　美智おばあさんが？」

「そうです。何度も電話をくれて」

鳥井さんは、怪訝な顔のまま言葉を続ける。

「あの、本当にご家族の方ですか？　美智おばあさんが電話をかけるはずはないです」

きょとんとした顔のまま、わたしと細見くんは顔を見合わせる。

「なぜですか？」

「ご存じないんですか？　認知症のこと」

わたしは、言葉を失い黙り込む。

鳥井さんはわたしと細見くんを上から下まで舐め回すように眺め、そういうわけですから、と言って慇懃《いんぎん》な作り笑顔をした。

美智ばあちゃんに渡してください、わたしは持っていた写真の束を適当に半分に分け、その一方を鳥井さんに預けてホームを出た。

いいの？　朔美の記憶を取り戻すために必要なんじゃないの？　細見くんはそう言ったけれど、わたしはわたしよりも美智ばあちゃんにわたしのことを思い出して欲しいと思ったから、それで良かった。

「どうしてお母さんは教えてくれなかったんだろう。美智ばあちゃんのこと」

「きっと混乱させたくなかったんだよ」

そうかな。そうなのかな。

わたしは混乱していない。記憶喪失だってきちんと受け止めているつもりだ。ちゃんと教えてくれたならば、ちゃんと受け止められる。

「認知症って、忘れちゃうってことだよね、いろいろ」

「うん」

母親が美智ばあちゃんのことを教えてくれなかったのはきっと、わたしがあの新しい家族に、家族と認められていないからだ。あの幸福な三人家族にとっては、わたしなんか、面倒くさいただのお荷物でしかない。

「彼女」は、母親からも愛されていないのかも知れない。ううん、十七歳のわたしだって。わたしはただ、自分が誰からも愛されていない可能性なんてものを、知らなかっただけなのだ。

わたしは、砂利道をじゃりじゃりと足音を立てて歩く細見くんのほうを振り返って見た。細見くんは真面目な顔で、わたしの少し後ろを付いて歩いていた。

「細見くんは、どうしてわたしと付き合ってくれるの。可哀想だから？」

細見くんは、え、と驚いた顔をして一瞬わたしの顔を見て、またすぐに前に向き直った。二人とも足を止めない。ホームの駐車場がやたら広く感じる。

「だって二十七歳のわたしって、十七のわたしと全然違う。もし前のわたしのこと好きなんだったら、今のわたしのこと嫌いでしょう？　で、きっと今のわたしのこと好きな人は、前のわたしなんか死ねばいいって思ってるんだよ」

「そんなことない」

細見くんは強い口調ではっきりと言った。わたしは足を止め下を向く。細見くんのまっすぐな目が怖かった。その目が、十七歳の頃と違うものだと気づきたくなかった。

そうだよ、と言われていたらもちろん傷つく。

でも、そうじゃないと言われてもやはりわたしは傷つくのだ。だったら聞かなければいいのに、それでも聞かずにはいられない。

どんなに誰かが何かを言ったって、それが本当のことなのかどうか、わたしにはもう分からない。人は、本当のことばかり口にするわけじゃない。言葉は信用ができない。きっと大人なら、もっと簡単に本音を隠す。でもじゃあ、一体何を信用すればいい？

あと、十年生きたら。

ちゃんと「二十七歳」になれたなら、わたしは誰かに愛される方法を覚えることができるのだろうか。

それとも、愛なんかなくても生きられるような、そんな鈍感さを手に入れることができるのか。

帰りたくない。

あの居場所のない家に帰るために足を進めることは、もう一歩だって無理だ。

「連れてって」

わたしは立ち止まり細見くんを見上げた。

「わたしのことが本当に好きなら、連れてって」

知識はいらない。「かも」も「知れない」もいらない。わたしに必要なのは、経験と実感だ。

星のない夜の下、細見くんはぼうっと突っ立ったまま、何も言わずにわたしを見ていた。


ラブホテルに入ったのは初めてだった。

思ったほどには派手じゃなかったし、テレビや映画で見るような丸いベッドもなかった。赤とか黒とかライトやなんかでぎらぎらしているものだと思っていたから、少し拍子抜けした。

薄暗く、狭い部屋だった。ベッドと小さな二人掛けソファとそのわりに大きすぎるテレビ。奥はガラス張りのお風呂とトイレ。ベッドの上の布団の柄はおばあちゃんが選ぶみたいなしぶい花柄だった。なんだ、結構普通。合宿で泊まる安い民宿みたいだ。これなら阿部デザイン事務所のほうがよほどいかがわしい。

それでも部屋中に漂う雰囲気は味わったことのないもので、いつも通り息を吸うことが難しい。ここには死んでいった精子たちの思念が渦巻いているに違いない。所在なくてベッドに腰をかけた。錆びたスプリングの軋む嫌な音がした。

「このベッド、ぎしぎしするよ」

そう言いながら、ドアの前に突っ立ったままの細見くんに目をやる。細見くんは、わたしの数百倍所在なさそうにそこにいた。

「まあ座れば？」

わたしが言うと、彼はようやく靴を脱いで部屋の中に入った。わたしの隣に座るかと思ったら、細見くんはベッドではなく安っぽい赤いビニールソファに腰掛けた。二人の間に一メートルほどの距離と溝。

「細見くんは『彼女』と、何回くらいこういうところ来たの？」

「こういうところ？」

「だって、わたしも細見くんも実家住まいでしょう？　こういうとこ来るでしょう？」

「……。回数なんか、覚えてないよ」

まあ、そりゃあそうだ。

逆に、何回来て何回こういうことをした、とか事細かに言われるほうが嫌かも知れない。「彼女」と何回来ようが関係ない。とりあえずわたしとは初めてである、ということのほうが重要なのだ。

ベッドから立ち上がると、またぎしりとベッドが嫌な音で軋んだ。

「まずお風呂に入ればいいの？　わたしこういうのよく分からなくて」

「別に、急がなくて良いと思うよ」

ソファに座ったままで、細見くんが言った。

急いでいるわけじゃない。

そんな単純な感情じゃない。わたしはベッドの脇に突っ立ったまま、右の手のひらをぎゅっと握った。

「不安なんだよ」

「不安なんか」

「くだらない？」

「くだらなくはない」

細見くんは、わたしの言葉をすぐに否定した。それが、彼の優しさなのかそれとも彼が大人だからなのかを、読み取ることができない。それはわたしが子供だからなのかそれとも人の気持ちを慮《おもんぱか》ることができない人間だからなのか、それすらも分からない。

わたしはなんにも分かっていない。

わたしは自分が誰なのか、どんな人間なのかすら分からない。

だから、見て嗅いで触って確かめたいのだ。温度のあるものしか信用できない。生きている意味も生きている価値も、触れないし見えないしにおいもないし温度もない。だから不安になる。

わたし自身に触ることは難しくて、だから代わりに誰かに触って欲しい。細見くんに触って欲しい。そうして、細見くんがわたしを好きだって感じて、体で感じて、心を納得させたい。わたしは存在するし、存在する意味があるものなのだと信じたい。

それじゃ駄目だろうか？

「わたし今、なに信じればいいのかって、ひとつひとつ確認しながら生きてるんだよ。それってすごい疲れる。細見くんには分からないでしょう」

分かっている。こんなのただの八つ当たりだ。

でも止まらなかった。わたしは怒っていた。何に？　すべてに。居場所のない世界に。「彼女」に。わたし自身に。

「細見くんはわたしの恋人なんでしょう？　だったらわたしにいろんなことしてよ。ちゃんとしてよ。それが、細見くんがわたしを好きだって証拠でしょう？」

わたしは、細見くんの答えを待たずに自分の着ている服に手をかけた。白い大きめのTシャツを勢いよく脱ぎ捨てる。スキニーパンツも脱ごうとしたけれど、右手だけじゃ上手く引っ張れなくて、膝のところで引っかかる。もたつく右手に苛立《いらだ》ちを感じる。ああ。本当にもうなにもかも上手くいかない。

驚いて固まったままの細見くんに、わたしは強い視線を向ける。

「手伝いなよ。それか、電気とか消せば？」

細見くんは慌てて立ち上がり、電気のスイッチを探すように部屋の中を見回して、でもそのまままた座った。

なにしてんの、脱がしてよ、そう言いかけて、なんだか突然馬鹿らしくなった。大きく息をついて、わたしはベッドの上に寝転がる。ベッドはまたぎしりと鳴った。

馬鹿みたい。

本当、わたし馬鹿みたい。一人で盛り上がって怒って裸になろうとして。

上はブラジャー、下はパンツ丸出しで膝の辺りにスキニーパンツを引っかけている記憶喪失の女。なんて馬鹿らしい。細見くんの座っている位置からはわたしのパンツ丸見えだろうけど、もうどうでも良かった。

「やめた」

わたしやっぱり嫌なやつになるな、このまま歳を取ったら。

細見くんは何も悪くない。悪いどころか、いいところしかない。なのに、こんなふうに当たり散らすことしかできないなんて。最悪だ。最低だ。

「ごめん細見くん。わたし頭おかしいや」

わたしは天井を見つめた。

頭上には小さなシャンデリアがあった。たぶんプラスチック製だろう。安っぽい光がプリズムになってちかちかと降り注いでいる。なんだよこんなところだけラブホテルっぽいじゃんか、なんて思ったらおかしくて悲しくなった。泣きたい気分だったけれど、泣きたいのと実際に泣くのとの間には、とても大きな溝がある。

ベッドがぎしりと鳴って沈んだ。

隣に細見くんが座ったのだ。彼の体が近い。一瞬で、わたしの体は硬直した。なんだかんだ言って、わたしは精神的処女なのだ。

細見くんの顔がゆっくりと降りてくるのを感じる。

わたしは慌てて目をつむる。キスされる、そう思った瞬間反射的に避けるみたいに手で顔を覆ってしまって、違う違う、嫌なわけじゃない、と慌てて手をどけ目を開けた。でももう手遅れだった。彼の顔は、すでに最初にあった位置に戻されていた。

細見くんは、わたしを見下ろしていた。

シャンデリアの真下で、顔は暗くよく見えない。プリズムのちかちかが目を眩《くら》ませる。

ごめん、言いかけたけれど謝ってしまったらまるで嫌だったみたいに思われる気がして、言葉を飲み込んだ。服脱ぎかけてるくせにキスされるのを拒むだなんて、どんな馬鹿女だわたしは。

　細見くんは、小さくため息をついた。そして勢いを付けてわたしの横に寝転んだ。さっきよりも激しくベッドが軋んだ。

「頭あげて」

「え？」

「朔美、腕枕好きだったから」

　伸ばされた腕の上に、そうっと頭を載せる。

　細見くんのにおいを感じる。スーツについた防虫剤のにおいと汗のにおいとが混じって、細見くんの、細見くんだけのにおいを作り出していた。

　わたしは鼻から息を吸って、そのにおいを確かめる。初めてのにおい。でも、これは同時にわたしのにおいでもあるはずだ。近しければ近しいほど、その二人からは同じにおいがするはずだから。今は嗅ぎ慣れないこのにおいがわたしの体にしっくりと馴染む頃、わたしたちは本当の恋人たちになれるのかも知れない。

「変なこと聞いていい？」

「うん」

「わたし、初めてだった？　細見くんとのとき」

わたしの台詞に、細見くんは驚いた顔でわたしを見た。

「そんなはずないか。つきあい始めたの二十五だもんね。なんか聞いてない？　元彼のこととか。誰に聞いたらいいか分からなくて。日記もつけてないし」

細見くんはわたしが話し終えるのを待って、おずおずと答えた。

「ごめん、知らない」

そりゃあ、そうだ。

いくら何でも、自分のかつての恋愛を現・恋人にべらべらと話すような鈍感な人間じゃなかった。それが分かっただけでも、良かった。

「だよね。ごめん、忘れて」

わたしが言うと、細見くんは小さく息を吐いた。甘い息だった。

「一人だけ知ってる。朔美が好きだったやつ」

「どんな人？」

「俺は嫌いだった。そいつ」

「そっか。男の趣味も悪かったのかわたし。わたしは細見くんに会えて良かったね」

「他人事みたいに言うね」

細見くんは笑った。他人事？　そうだね。わたしの記憶の一番最初は、細見くんとの恋愛だ。それ以外の愛だの恋だのはわたしのじゃなくて「彼女」のもの。記憶なんか、なくて良かった。わたしの最初が細見くんで、本当に良かった。最初も最後もあなたがいい、なんて、さすがに十七歳でも口にできないけれど。

細見くんが、わたしの頭を抱き寄せた。

細い腕だけれどやっぱりそれは男の力で、そんなことも知らなかった自分の子供じみた行為を恥じる。

細見くんの心臓にそっと耳を寄せる。どくんどくん、と音が響く。

細見くんは生きている。ああ良かった、と素直に思う。

わたしも生きている。

わたしは細見くんが好きだ。わたしは今、好きな人の腕の中にいる。パンツ丸出しの間抜けな格好だったとしても。

それだけで充分幸運だ。いや、これ以上の幸福なんかがあるだろうか。好きな人に抱きしめてもらえること以上の。あるとしても、それはわたしには必要ない。

　わたしたちはそうして、しばらくただじっとくっつきあっていた。もう一度キスしようとしてくれたらいいのに、そう思ったけれど、彼には伝わらなかった。

　もしも。

　もしももう一度記憶をなくしたとしても、わたしは彼のにおいを忘れないだろう。

「彼女」は馬鹿だ。彼のにおいを嗅いだのに、なにも思い出せないなんて。

　わたしだったら、彼のにおいを感じた瞬間、きっとすべてを取り戻すのに。

6

　記憶喪失者が主人公のミステリ小説を読んだ。美加ちゃんが図書館から借りてきた、「記憶喪失」関連の本の中にあったのだ。

　主人公が記憶をなくしているうちに彼女の親しい人が殺されて、その犯人がどう考えても自分しかいないように思える、という物語だった。自分が犯人なんじゃないか、そうおののきながら彼女は悩む。

思い出したくないことは思い出せないものなのだ、彼女はそう言っていた。

「人は不快な記憶を忘れることで、自己を防衛する」

これはフロイトの言葉。これも、美加ちゃんが読んでいた本に書いてあった。

わたしも、何も思い出せない。

わたしの失われた十年は、思い出したくないようなことばかりだったのかも知れない。

でも今以上に大切な過去なんかないと、わたしは思う。今以上に大切な未来も。たぶん。


診察室を出たら、喫煙室で『睡蓮』を見上げている薫ちゃんを見つけた。似合わない黄色い花束を手にしている。

声をかけづらくて、その背中をしばらく眺める。視線に気づいて振り返った薫ちゃんは、いつも通りの顔で左手を挙げた。わたしもつられて左手のギプスをあげる。

「どうだった、今日の診察」

「別に。脳みそは相変わらず異常なし。記憶も、特に何も」

「ふうん」

「その花は？　誰かのお見舞い？」

「じゃなくてさ、ちょっと行ってみたいと思って」

「どこに？」

わたしがきょとんとしていると、薫ちゃんはにやりと悪戯っぽく笑った。

「あんたの事故現場」

「え？」

「交通事故だったんでしょう？　だから、その現場を見に行こうよ。何か思い出すかも知れない」

え、でも場所知らないよ？　わたしが言うと、大丈夫もうちゃんと調べたから、さ、行くよ、と薫ちゃんはわたしを促した。

「あんた、結構出血激しかったらしいよ？」

薫ちゃんはそう言って、ふふふふ、と笑った。

悪趣味だ。

でもそんなことよりも、薫ちゃんの態度がいつもと変わらないことのほうが、嬉しかった。

蓮の葉が、青々と繁っている。

お堀の中の水は藻がはびこり緑色をしていたけれど、可愛らしく憩《いこ》いでいる鴨《かも》の親子たちや、あまり利用者はいないけれどぴかぴかに磨かれた観光客向けの黄色い手こぎボートのおかげで、汚らしくは見えなかった。

そのお堀は、久保田城跡である千秋公園の周りをぐるりと囲んでいる。

久保田城はもうあとかたもなく、今は復元されたやぐらが一つあるだけだ。千秋公園の敷地は異常に大きく、そのほとんどは森のように木々が生い茂っていた。やぐらの他には、神社が二つ、佐竹藩の資料館が一つ、それからお茶屋さんや銅像や噴水なんかがあった。町を訪れる観光客の多くはこのお城跡を見学に来るけれど、わたしたちのようにこの町に住んでいるものにとっては、子供の頃から慣れ親しんだ公園の一つに過ぎない。

そのお堀を挟んで反対側、道路と歩道を区切るガードレールが、ぐしゃりとひしゃげていた。明らかに事故現場という雰囲気のそこは、でも通り過ぎる誰の足も止めることはなかった。

ひしゃげたガードレールの前に、薫ちゃんは持っていた花束を置いた。ひまわりに似た小さな黄色い花だった。

「ちょっと」

しゃがんで手を合わせている薫ちゃんに、わたしは強めに声をかける。

「それじゃわたしが死んだみたいじゃない」

「まあいいじゃん。このほうが雰囲気出るし」

「雰囲気で殺さないでよ」

薫ちゃんは肩をすくめて立ち上がり、ぐるりと周囲を見回した。

「結構地味な事故だったんだね」

確かにそうだった。ガードレールの目の前のお店ですら、通常営業をしている。わたしがここで大切な十年を失ったんだ、なんてことは、この町に住む誰にも影響を与えていない。

わたしもしゃがんで手を合わせてみた。安らかにお眠り下さいませ。口の中でつぶやいたらますますわたしがここで死んでしまったような気がした。いっそわたし、全部消えて生まれ変わってしまえたら良かったな。輪廻転生なんか、信じていないけれど。

「ねえ、薫ちゃんは生まれ変わったらなんになる？」

「さあねえ」

「蟻に生まれるやつは可哀想」

「え？」

「なんだっけ、これ」

「知らない。あんた、何か思い出したの？」

わたしは頭を横に振る。なんだっけ。思い出せない。記憶のかけら。

わたしは立ち上がって、道の向こう側を見た。お堀の脇に、アイスクリームの屋台が出ていた。

「あ、アイスだ」

わたしが歓喜の声を上げると、薫ちゃんは、ああババへらアイスね、と答えた。

ババへらアイスというのは、この町では有名な、いわば移動屋台だ。鮮やかに着色されたピンクと黄色のアイスクリームを、しけったコーンに載せてくれる。どうしてか売り子は皆五十代以上のおばさんばかりで、へらを使ってアイスクリームをこすりつけるようにコーンに載せる。だから、ババへら。この町の子供たちはみな、学校帰りにそれを食べていた。けして特別に美味しいわけじゃない。体に悪そうな、人工的に作られた甘ったるいバナナのにおいがして、人工甘味料の味がする。でも、ババヘラアイスが嫌いな子供なんか一人もいなかった。

「食べる？　奢《おご》ってあげるよ」

うん、うなずいて横断歩道のない道路に飛び出しかけて、まがりなりにもここはわたしが交通事故に遭った場所なのだと思い出す。立ち止まり、右左もう一度右、と小学校で習ったように確認する。広い広い灰色のアスファルトが、右にも左にもえんえん真っ直ぐ続いている。

あれ。

「どうしたの？」

背中で、薫ちゃんの声が聞こえた。答えずに、わたしはまた右と左をゆっくりと見た。

何か、変だ。

こんなに真っ直ぐで見晴らしが良くて、車通りの少ない場所で。

わたしはどうして、こんなところで交通事故に遭ったんだ？

向こう側に何があった？

思い出せない。頭の中がぐらぐらする。

倒れそうだ。

そう思ったとき、手のひらに温度を感じてはっと我に返る。わたしの右手を、薫ちゃんの左手が握っていた。

「ああ、もうまったくあんたは」

薫ちゃんは、わたしの手を引いて道路を渡り始めた。わたしは手を引かれるまま、惰性のように足を交互に動かした。薫ちゃんの手は、わたしのとそう大差ない大きさだったけれど、わたしのよりも随分と冷たかった。

「そう言えば」

わたしの手を引きながら薫ちゃんは言った。わたしはレオンに手を引かれるマチルダみたいに従順に、薫ちゃんについて歩く。

「相手の人には会ったの？」

「相手？」

「だから、車運転してた人。あんたをはねた人だよ」

「あ」

忘れてた、そうつぶやいたら、薫ちゃんはもう一度、まったくあんたは、と言って大きく息を吐いた。


その人が入院していたのは、わたしとは違う病院だった。

遷延性《せんえんせい》意識障害専門の療護センターだというそこは、わたしが今まで通ったことのあるすべての病院と違っていた。怖いくらい静かなのだ。

もちろん、病院の多くは静かだ。けれどそれと比べものにならないほどの、しんとした静けさにくるまれていた。静かで清潔で、明るく白い。けれど音が聞こえない。音は存在しているのに、耳に届かない感じ。美加ちゃんにとって世界はこんなふうなのかな、と一瞬だけ思った。

その人は、堀田俊則さんという名前なのだと言った。

言ったのは堀田さん本人じゃない。その奥さんの春美さんだ。

春美さんは背の低い痩せた女の人だった。四十代半ばくらいだろうか。わたしたちに頭を下げ、濃すぎる緑茶を出してくれた。

目の前の堀田さんは、身動き一つしなかった。白い柵のベッドの上で白い布団にくるまって、幾本ものチューブを体に繋いでそこに横たわっていた。

「ご挨拶にも伺わず、失礼しました」

春美さんは消え入りそうな細い声で言った。わたしは、いえ、大丈夫ですこれだけなんで、といつものように左手を掲げて見せた。

「いろんな書類……保険とか、お金のこととかは、お母様とやりとりさせていただいています」

「あ、違います。そういうので来たんじゃないです」

わたしが慌ててそう言うと、春美さんは少しほっとしたように肩から力を抜いた。

「お花のお礼を言おうと思いまして」

わたしが言うと、春美さんは、花？　と首を横に傾げた。加害者の方から貰った花、と母親が言っていたのは、春美さんからのものではなかったのだろうか。堀田さんから？　まさか。

「あの、堀田さんの具合は」

　薫ちゃんが、静かに尋ねる。

「意識は戻っていません。人工呼吸器をつけていて。それから、栄養チューブも胃に直接繋いでいます」

　春美さんは、淡々とそう告げた。

　堀田さんは、いわゆる植物状態だった。会社の営業車でわたしをはねたあと、そのままガードレールに突っ込んだ。わたしは飛ばされて道路に転がった。堀田さんには大きな怪我はなかったが、ハンドルに頭を強く打ち付けていた。

「交通事故で意識障害に陥るのは被害者のほうが多いそうだから……。志村さんの意識が戻ってくれたときは、本当に良かったと思いました」

　春美さんは唇に薄い微笑みを浮かべていた。

　わたしは何も言えず、かといって堀田さんを見ることも春美さんと向き合うこともできなかった。

「すみません」

　思わず、わたしは頭を下げた。春美さんは顔を上げ、初めて真っ直ぐにわたしの顔を見た。

「どうしてあなたが謝るの」

「え」

「あなたは悪くないわ。いつかこんなことになるんじゃないかと思っていました。今、会社と裁判始めたところなんですよ。堀田は、毎日十八時間以上労働させられていたの。車の運転なんかできる状態じゃなかった。睡眠時間は毎日一時間ちょっとしかなかったし、家にいる間はいつも疲れてぼうっとしていた。だからね、わたし彼とこんなに長い時間一緒にいるの、初めてなんです。彼の顎の裏にほくろがあったなんて、結婚して十五年で、初めて知りました」

　春美さんはそう言って、にっこりと笑った。

　澄んだ笑顔だった。

　わたしは思わず目をそらした。彼女が強がっているのだったら、まだいい。彼女が本当に幸福そうに見えてしまうことが、怖かった。

　下を向くわたしの背中に、薫ちゃんがそっと手を載せた。もう行こう、薫ちゃんの冷たい手のひらがそう告げる。

センターから出てもずっと、わたしも薫ちゃんも一言も口をきかなかった。

わたしは今こうして元気に暮らしているけれど、その一方で息を吸うのもままならない人がいるのだということ。一つの自動車事故に巻き込まれたわたしたちはある意味どちらがどちらになっていてもおかしくなくて、彼は車に乗っていてわたしは乗っていなかった、ただそれだけのことが加害者と被害者を分けるのだということ。

わたしの意識は、戻らなかったかも知れないこと。

分かってはいたのだけれど、その思いが突然形になって現れたように思えた。具現化して立ち上がった恐怖に、どう対処すればいいのか分からない。

「明日も来ようか？」

家まで送ってくれた薫ちゃんは、ドアの前でようやく声をかけてくれた。わたしは首を横に振る。

「大丈夫だよ、もう一人で。随分慣れたし。明日は一日家でじっとしてる」

「そうだね、そういうのも大事かも」

わたしはようやく笑顔を作る。その顔を見て、薫ちゃんはほっとしたように息をついて、一応言っておくけど、と前置きしてから言った。

「悪いことしたとか思う必要はないからね。あんたは、あくまで被害者なんだから」

わたしは、そうかな、とつぶやくことしかできない。

そうかな。わたしは悪くないのかな。

「そうだよ。あんたが生きてたからあの人たちも助かったんだよ。死んじゃってたらもっと大変なことになってたよ。過失致死って、慰謝料すごいんだから」

「うん」

「まあ、あんたは幸運だよ。生きてるし。記憶はなくても意識はあるし。推理小説家じゃないし」

え？　意味が分からなくて聞き返す。

「もしあんたが推理小説家で、すっごい面白い小説書いていたのに、トリックと犯人だけ忘れちゃったとかだったら最悪でしょう？　そうじゃないんだから、マシ」

そんなの奇想天外すぎる。だけど。薫ちゃんが似合わない冗談まで言ってくれるのが嬉しかった。ちっとも面白くないけれど。ありがとう、そう言おうとして顔を上げたとき、薫ちゃんの顔がいつもより近いことに気づく。

　薫ちゃんの唇が、近づいてくる。

　キスされる。

　そう思った瞬間、わたしは反射的に顔を背けていた。何も考えていなかった。まただ。細見くんのときと一緒。体が口付けを拒む。

　はっとして、再び薫ちゃんに顔を向ける。薫ちゃんは笑っていた。

「やっぱり記憶なくなっても変わんないね。体は正直だ」

「え？」

「前にキスしようとしたときも、同じ反応だった。ま、あのときよりはましか。変態、二度と会いたくない、って言われないだけね」

　わたしはどうしたらいいのか分からないまま、薫ちゃんの顔を見上げている。薫ちゃんの後ろに、月が見える。今日の月はまばゆすぎて、薫ちゃんの顔に影を作ってしまう。表情が見えない。なんて答えたらいいのか分からない。

　薫ちゃん、わたしは薫ちゃんが好きだよ。

　でもよく分からないんだ。細見くんを好きなのと薫ちゃんを好きなのと咲子を好きなのとお母さんを好きなのと本当のお父さんを好きなのと、そういう気持ちのどれがどれだかよく分からないんだよ。

何か言いたかった。

でも何も言えなかった。

薫ちゃんは、静かにそうっとわたしの頭に手のひらを置いた。壊れ物に触れるみたいに、静かにそうっと。

「じゃ、また」

薫ちゃんはそう言って、くるりとわたしに背中を向けた。

どうしてだろう。薫ちゃんとさよならするとき、いつもいつももう会えないような気分になる。

「薫ちゃん」

わたしは薫ちゃんの背中に向かって声をかけた。薫ちゃんは一回だけ振り返って、ひらひらと片手を振った。

わたしは振らなかった。

今日はもう寝る、そう言って自分の部屋に閉じこもった。なんだか、頭の中がぐちゃぐちゃだった。

体は正直だ。

わたしは、いや「彼女」の体は、薫ちゃんの口付けを拒んだ。「彼女」が愛している人は、薫ちゃんじゃないからだ。でもそれじゃあ、なぜ「彼女」の体は細見くんのキスも拒んだのだろう。一体それはなんのために？

細見くん以外の誰かのために、ということ？

分からない。

タオルケットに潜り込んで、開けっ放しのカーテンの隙間から見える窓の外を眺めた。

ベッドサイドには、わたしの失われた十年のかけらたちが並んで置いてある。

小瓶に詰めた遊園地跡の土、バースデーカード、赤い毛糸の帽子、ほとんど白紙のスケッチブック。何が描いてあるのか分からない油絵。

十年て、結構重い。

わたしはかけらたちに背を向けて、壁にぴたりと頬をつけた。冷たさが気持ちいい。

体も両手も両足もくっつける。このまま壁になりたいと思う。

けれどすぐに、人は壁になれない、と当たり前のことを考える。何度生まれ変わったってさすがに壁は無理だろう。せいぜいが壁に塗り込められる黒猫。壁は無機物だ。魂はない。わたしにはあるのか、魂は。だとしたら、わたしの魂は、一体何歳なのだろう。体と同じように二十七歳なのか、心と同じように十七歳なのか。

もっと壁と一体化したくて、ベッドと壁の隙間に手を伸ばした。壁の冷たさは麻薬的で、もっともっとと奥まで右手をずんずん差し入れる。

床に手がつく手前で、右手の指先に何かが当たった。四角い。堅い、けれど柔らかくもある。とても薄い小さな本のような。ノート？　中指と薬指を伸ばして挟んで、つりそうになりながらベッドの隙間からそれを救出した。

貯金通帳だった。

ほくと銀行県庁前支店と書いてある。名義人は志村朔美。つまり、わたしが笙野じゃなくなってから作った通帳ということだ。

中を開く。数字の桁数の多さに、一瞬ひるむ。なんだ、この金額は。いち、じゅう、ひゃく。

二百。

最初のページはだいたい一年前の日付で、二百万円の入金。そして、その数日後に、すぐに二百万円が引き出されていた。

二百万？

一体、そんな大金を何に使ったんだ？

振り込み人は、片仮名でイシザキコウムテン、とあった。公務？　校務？　普通に考えれば工務だろう。なぜそんなところからお金が支払われているのだろう。デザイナーと工務店が仕事をするなんてこと、あるのだろうか。会社のロゴを考えたとか？事務所を通さずに？　それにしても二百万円は多い。

わたしは起き上がり、鞄から財布を出す。

数枚のカードが入っている。けれど、ほくと銀行のカードはなかった。

次の朝、気になったので銀行へ行ってみた。

通帳の記入をしてみる。二百万円引き出されたあとは、一円の入金も出金もなく0円のまま今日の日付が記帳された。この口座は、この二百万円のために作られたものらしい。ますますあやしい。

窓口でカードの再発行ができるかを聞いてみたけれど、届出印が必要だと言われてしまったのでああじゃあまたにしますと言って席を立った。窓口のお姉さんが、ありがとうございましたまたのご利用をお待ちしております、と深々と頭を下げた。立派な人だ。わたしを大人扱いしてくれた。銀行みたいな場所に来ると、世界とちゃんと繋がっているんだなあ、と思ったりする。

自動ドアを踏んで外に出た。きんと冷えた行内から吐き出され、思わず、暑、とつぶやいた。いい天気だった。初夏の空はどこまでも広い。

秋が来る前だったら空にだって手が届くような気がして、ギプスを思い切り空に掲げた。

日に日に夏が濃くなってくる。

秋は深まるものだけれど夏は濃くなるって感じだよな、などと思いながら銀行からとぼとぼと一人歩く。誰かに会いたかったけれど誰に会いたいのか分からなかったので、ただ町中をうろうろと歩き続けた。

町には誰かがたくさんいたけれど、わたしの会いたい誰かはどこにもいなかった。どこかにいるのかどうかも、分からないままわたしは彷徨《ほうこう》していた。

怪我をしたのが腕で良かったな、とわたしは静かに思った。

会いたい人を、歩いて探すことができて良かった。たとえ見つからないとしても。わたしは、じっとしているのが苦手だ。あの人を待ち続けることなんか一秒も無理だ。会いたい人に会うために、わたしはいつだって駆けだす準備をしていたい。

あの人。

あの人って、誰だろう。

立ち止まり、町の中をぐるりと見渡した。

でもその中にはわたしが駆け寄りたいと思う人はいなかった。わたしはひとりだ。じんわりと淋しさが染みてくる。

そうだ、母親の店に行ってみよう。お店に洋服を取りに来るよう何度も言われていたのだ。母親だって、わたしにとって大切な人間には違いない。別に今会いたいわけじゃないけれど。

会いたい人は誰かだなんて、そんなの、会ってみればすぐに分かる。

しむらクリーニング店は、商店街の端っこにある普通の二階建て一軒家だった。

一階は改造されているらしく、ガラス張りの大きな入り口があった。それからその脇に螺旋階段が伸びて、二階へ上がれるようになっていた。二階はきっと住居だったのだろう。窓に、白いレースのカーテンが掛かっているのが見える。

その窓の下は、「しむらクリーニング」の大きな看板だ。カモメだか鳩だか分からない白い鳥が描かれている。下手な絵、と思いながらガラス張りの店内を覗く。誰もいない。深緑色の長いカウンターの後ろに、クリーニング済みの洋服たちがビニールをかぶってぶらぶらとしている。

階段の脇にある、雑草しか生えていない庭らしき狭い土地を通って裏に回る。思った通り作業場があった。

こっそり窓から中を覗いてみる。白い蒸気がもうもうと上がる大きなアイロンを器用に動かし、志村さんが白い服に糊《のり》をきかせていた。腕の筋肉が盛り上がるのが見えた。思っていたより肉体労働のようだ。志村さんは白いワイシャツ姿で、蒸気なのか汗なのか分からない水分を額からしたたらせていた。

個人経営のクリーニング屋って、こんなふうに作業しているのか。機械でプレスしてるのかと思っていた。十七歳心が目を覚まし、工場見学に来た子供のような気分になってそのまましばらく眺める。

志村さんの後ろで、美加ちゃんが次にアイロンをかけるべき洋服を仕分けしていた。その脇では、アイロンが終わった服をハンガーに掛けさらにビニールの袋をかぶせる母親の姿も見える。

三人は、てきぱきと息のあった動きで作業を続けていた。家内制手工業。その手さばきは鮮やかで、誰一人かけても業務に差し障りがありそうだった。逆に言えば他の人間はあの中になど入れないし必要もなさそうだった。

三人で充分なんだな、やっぱり。

と、変なことを思った。もちろんわたしは、クリーニング屋をつぎたいわけじゃない。ここで働きたいわけじゃないし、あの中に入りたいわけでもない。でも、その事実に少しだけ寂しさを覚える自分がいた。

わたしはお店の表に戻り自動ドアを開け中に入ると、カウンターに置かれているベル（ご丁寧に、「ご用の方はベルをお鳴らし下さい」と但し書きがある）を、ばんばん叩いて鳴らした。耳障りな高い金属音が響く。吊された服をかき分けながら、すぐに奥から母親が出てきた。

わたしの顔を見て一瞬微笑んだ母親に、不機嫌な顔のまま預かり伝票を差し出す。

「やっと取りに来た」

母親はそう言って伝票を受け取る。

「持って帰ってきてくれればいいのに」

「一度くらい店に来ても良いと思ったのよ」

「二階は何？」

「倉庫。前は志村さんと美加ちゃんが住んでたんだけどね」

志村さんの奥さんもでしょ、そう言いかけて、さすがに言えなくて黙った。わたしが不機嫌だからって、母親を傷つける必要はない。それじゃ思春期真っ最中の反抗期だ。

母親は伝票を持って奥へ戻っていった。

狭い店の中を、見回す。

母親の体に触れた吊された洋服たちが、ゆらゆらとかすかに揺れている。まるで雑踏の中にいるみたいだ。並んでいるたくさんの服が、たくさんの知らない人みたいに見えた。

いや、違う。知っているのだわたしは彼らを。ただ失われた十年の霧の中に紛れ込んでいて、顔が見えない。

亡霊たちがみな、わたしを見ている。ありもしない目でわたしを見ている。こっち見るな。わたしは一番近くにぶら下がっていた紺色のジャケットをグーで殴った。亡霊たちはさらに揺れて、わたしを威嚇《いかく》してくる。

「あったよ」

奥から母親が戻ってきた。亡霊たちはあっという間にただの洋服に顔を変えた。ほっとして、わたしは息をつく。母親は、手にしていた白いワンピースをカウンターの上に置いた。

「やっぱり落ちないみたい、血」

見ると、広げられたワンピースには全体的に黒っぽい錆びたようなシミのあとが広がっていた。もともとが白いから、どうしようもないほどシミが目立つ。

「気持ち悪い」

「気持ち悪いって、これ朔美の血よ」

「グロいよ。捨ててよ」

「でもこれ、あなた気に入ってたわよ。デートの時しか着なかったし」

母親は、そう言ってワンピースを手のひらでなでた。

「デート？」

「うん。それから、事故の時に持ってた鞄とかもね、一応洗ったんだけど」

中身はほとんど捨てちゃった、化粧ポーチとか手帳とか。そう言いながら、母親はルイ・ヴィトンの鞄をカウンターの上に置いた。

「捨てちゃったの？　手帳」

「だって鞄から飛び出して血まみれだったのよ。まさか目が覚めたら記憶なくなってるなんて思わなかったもの」

母親は、からから笑いながらそう答えた。本当に呑気《のんき》な人だ。手帳がもしあったなら、わたしの記憶の不明部分はだいぶ明らかにされただろうに。ため息をつきながら鞄を手に取る。このヴィトンも偽物臭い。ファスナーにＹＫＫって書いてあるし。

志村さんが作業しているのだろう。店の奥から、蒸気があがる規則正しい音が聞こえる。わたしはしばらくその音に耳を澄ました。

「中、見てく？」

わたしが仕事に興味があると勘違いしたのか、母親は嬉しそうにそう言った。わたしは首を横に振る。

「お母さんは、お義父さんのどこが良かったの？」

「志村さん、いつもワイシャツ着てるでしょう。そこかな」

「ワイシャツが理由？　意味分かんない」

「人が人を好きになるなんて、そんなもんでしょう」

そういうものなのだろうか。

人が人を好きになる理由は、本人以外には分からないものなのだろうか。細見くんが「彼女」のことが好きな理由は、子供っぽいから、だった。

わたしは、薄れかけた記憶の中の自分の父親のことを思う。父は料理人だった。記憶の中に父がワイシャツを着ていた姿など、ない。

母親は、わたしの父親を一生愛すると決めて、結婚をした。

志村さんも、自分の妻を一生愛すると決めて、結婚をした。

それなのに、他界したからといってその気持ちを消し去って別の人を愛することなんかができるものなのだろうか。わたしが十七歳思考なだけで、大人になれば理解できることなのだろうか。

分からない。わたしには。

分かりたくないと心のどこかで感じていることは、見ないふりをする。やっぱりわたし、子供だ。

母親は、ワンピースと鞄を大きな紙袋に入れてくれた。紙袋はつやつやとした緑色で、赤い字で「しむらクリーニング」の文字、それからあの変な白い鳥の絵が描かれていた。

「お母さんは、お義父さんのこと志村さんて呼ぶんだね」

「いけない？」

「いけなくないけど。本当はわたしも、お義父さんじゃなくて志村さんて呼んでたんじゃないの」

そう言ったら、母親は黙った。わたしは荷物の入った袋を摑み、そのまま店を出た。

下を向いて、商店街をもくもくと歩く。

歩きながら、わたしは自分の二つの名前のことを考えていた。

笙野朔美と志村朔美。

薫ちゃんはわたしを朔美と呼ぶ。細見くんもわたしを朔美と呼ぶ。咲子も。堀田春美さんは志村さんと呼んだ。阿部さんもわたしを志村と呼んだ。

あの女の人。

わたしに「死んじゃえば良かったのに」と言ったあの人は、わたしを「笙野さん」と呼んだ。わたしと彼女は、わたしの苗字が変わる前に出会ったのだということだ。

母親が再婚をしたのは、四年前だと聞いた。わたしが専門学校へ通っていた頃の友達だろうか。わたしよりも年上に見えたけれど。専門学校時代の友人の話は、そういえばまだ誰からも聞いていない。「彼女」の手帳さえあれば分かるのに。母親が手帳を捨ててしまったことが、返す返すも悔やまれる。

母親に聞いてみようか。誰か、一人ぐらい名前を聞いたことがある人がいるかも知れない。わたしはきびすを返し、クリーニング屋への道を戻った。

ガラス窓から店を覗く。カウンターにはもう誰もいなかった。ベルを鳴らそうかと思ったけれど、仕事の邪魔をしに来てるみたいな気がして、やめた。

ため息をついて、ポケットに手を突っ込む。丸みを帯びた固いものが指先に当たる。

ハート型のキーホルダーだ。手の中で、鍵をじゃらりと弄ぶ。

二つの鍵。

二階を見上げる。もしかしたら、ここの家の鍵かもしれない。

螺旋状の外階段を上って二階に上がる。鉄製の手すりは太陽に灼けて熱かった。短い階段はすぐに終わり、幾つかの植木鉢と一枚のドアが現れた。表札は、ここも「志村」だ。二つもあるなんてずるい、そう思いながら、鍵穴に下のほうの鍵を差し込んでみる。鍵穴は、鍵をまったく受け入れなかった。

ここのでもなかった。

ドアノブを廻してみた。簡単に廻った。もともと鍵がかかっていなかったようだ。

ドアを開け中を覗いてみる。部屋一面にハンガーラックが張り巡らされていて、洋服が掛かっている。クリーニング済みの清潔なにおいが充満していた。クーラーが馬鹿みたいに効いていて空気が冷たい。志村さんの奥さんの仏壇に挨拶しようかなと一瞬だけ思って、でもしないでドアを閉めた。

ビニールカバーをむしり取り、ハンガーから白いワンピースをはずした。

膝より少し長いくらいの、ノースリーブのAラインワンピースだった。タグを見たけれど、知らないブランドだった。手でなぜるとさらりとしなった。

着てみようかと思ったけれど、やはりまだらにある血のシミが気持ち悪くて、やめた。まるで遊園地のお化け役の人の衣装みたいだ。わたしはもう一度ワンピースをハンガーに掛けた。ビニールカバーも掛けようと思ったけれども破いてしまってびりびりだったから、無理だった。

窓際の壁に吊してみた。開けっ放しの窓から、熱い夏の風がざわざわ吹き込んでくる。風にあわせてゆらゆらと揺れるそれは、わたしの亡霊に違いなかった。わたしの。いいや、「彼女」の亡霊。

揺れる。

デートの時にしか着ない、一番お気に入りのワンピース。

事故に遭った日、なぜわたしはそれを着ていたのだろうか。答えはひとつ。「彼女」はその日、好きな人と会おうとしていたからだ。

わたしは、細見くんと会う約束をしていたのだろうか。だとしたらなぜ、彼はそれを言わないのだ？

本当に、あれは事故だったんだろうか？

頭の中に、幾つかの疑問符が浮かび始める。

揺れる。ゆらゆら。

わたしは、知らなければいけない。

「彼女」に何が起こったのか。

わたしに、何が、起こったのかを。

7

細見くんとの久し振りのリハビリデートは、漁港だった。漁港って、普通の大人が逢い引きを楽しむ場所なのだろうか。

「なぜ漁港？」

わたしが尋ねると、

「付き合ってもらったんだ。俺の趣味に」

と細見くんは答えた。わたしは半分になった写真の束の中から、一枚を取り出す。

釣り竿を手に、胸ポケットの一杯ついたへんてこなベストを羽織った細見くんと、ひらひらしたスカートを穿いている「彼女」が写っていた。「彼女」は化粧も濃く、ウェッジソールの七センチはありそうなサンダルを履いていた。二人とも、口を真一文字に結び、カメラをじっと見ていた。顔は笑っていない。

この写真が意味することを考えながら、空を見上げた。灰色の雲に覆われていて、今にも雨が降り出しそうだ。夏の雨雲は、もこもことしてタンスの裏の埃のように分厚い。

「釣りって、呑気な人には向いてないらしいよ」

漁港をふらふらと歩きながら、細見くんが言った。細見くんは、今日は釣り人の格好ではない。白いシャツに紺色のチノパン、細かい花柄のスニーカーを履いている。

海は少し荒れ気味だ。釣り人もあまりいない。

なんで？　わたしが聞き返すと、細見くんは海の向こう側を眺めながら答えた。

「釣れなくても気にしないからだって。短気な人は釣れないといらいらするから、いろいろ努力するんだってさ」

「へえ、でも細見くん呑気だよね。釣り、向いてないの？」

「俺は呑気じゃないよ」

「呑気だよ。そうじゃなかったら、わたしの記憶探しなんかにこんなに付き合ってくれないでしょう」

それは呑気が理由じゃないけどね、と細見くんは曖昧に答えた。

日本海は夏でも黒い。強い波が波止めにぶつかって白く散る。

「天気悪いね。波荒れてる」

沖には漁船が数隻、小さくゆらゆらと見える。

「この辺て何が釣れるの？　『彼女』は何か釣った？」

わたしが笑顔で尋ねると、細見くんは一瞬息を止めて、それから答えた。

「何も釣ってない」

「一匹も？」

「一匹も。『彼女』は釣りをしてないから。その写真のあと、俺は一人で釣りしたんだ」

「『彼女』は何をしてたの？」

「知らない」

「なんで？」

「その写真撮ってすぐ、喧嘩したから。朔美は、怒って一人で帰った」

「なんで喧嘩したの」

「なんでかな。よく分からない。釣りなんかつまらない。魚なんか触りたくない、餌が気持ち悪いって言ってどっか行った」

「追いかけなかったの？」

細見くんは下を向いて、ごめん、と言った。わたしも細見くんの靴の花柄を見た。

写真に感じた違和を、もう一度噛みしめる。「彼女」の格好。あれは、釣りを楽しもうという人のする服装じゃなかった。「彼女」はあの写真を撮る前、朝目覚めて洋服を選んだときから、細見くんに文句を言うつもりだったのだ。どうしてそんなことを。嫌なら行く前に言えば良かったのに。

「わたしたち、喧嘩、よくしたの？」

細見くんは答えない。でも、表情が答えを表していた。

きっとそれは、特別なことじゃなかったのだ。「彼女」が突然怒り出して帰ることも、彼が追いかけないことも。二人とも、もう慣れっこだったのだ。二人が、理由のない喧嘩をすることに。

「なんか食べに行こうよ、わたしお腹すいた」

彼の悲しい顔を見ていたくなくて、わたしはわざと明るい声を作った。

わたしは、細見くんをこれ以上悲しませたくなかった。細見くんの好きなのが、わたしじゃないとしても。

「ねえ、変なこと聞くけど。わたし、細見くんとのデートに白いワンピースを着てきたことがあった？」

細見くんは悲しい顔のまま、いいや、なんで？　と答えた。

やっぱり。あの事故の日、「彼女」が逢いに出かけたのは細見くんじゃない。

では一体誰なのだ。わたしは誰に逢いに行ったのだ。大切な服を着て。それはきっとわたしが一番逢いたい人。きっとわたしの愛する人。

わたしは、誰かを愛していた。彼以外の誰かを。

　誰を？


　絵を描こう。

絵を描けば、きっと分かる。自分の気持ちが。

どんなに探しても見つからない画材。本当は、もう分かっている。阿部デザイン事務所から持って帰ってきたスケッチブックを見たときから気づいていた。

「彼女」は、絵を描くことを愛していない。

愛さなくなって、描かなくなって、そして描けなくなった。

それはもしかしたら「彼女」のせいじゃないのかも知れない。

美大に落ちまくって自分の絵を否定されまくって、どうにかついた絵に関わる就職先でも自分らしい絵なんか必要とされなくて。「彼女」は絶望したのかも知れない。

絵を描くことに。自分の才能のなさに。あるいは誰かの圧倒的な才能に触れたのかも知れない。少年時代のモネみたいな、圧倒的な誰かに。

自分は絵を描くべき人間じゃない、「彼女」はきっとそう思い知った。「彼女」は気づいた。自分の夢なんか叶わないのだということに。絵をいくら描いたところで誰にも届かないことに。絶望にとても近い感情を味わったに違いない。

だから捨てたのだ。画材も、自分が描いた絵も。

わたしは、「彼女」のことを考えた。可哀想だと思った。

まるで他人事みたいにそう思った。他人？

いや、「彼女」はまるで、わたしの死んだ姉さんのようだった。姉なんかいないけれど。わたしは「彼女」の影を追いかけている。わたしの半身。知らないわたし。

もういない、死んでしまった人。

絵を描こう。

わたしはわたしだ。「彼女」だけれど「彼女」じゃない。わたしはまだ、わたしに絶望していない。

だから。

描くのだ。

そう、まずはそこからはじめる。

駅の大通りにほど近い画材の専門店に行った。

小さな店内には、ありとあらゆる画材が揃っていた。店の中に入っただけでわくわくする。パステル画用の道具や絵手紙セットなんかもあるし、漫画用のスクリーントーンも売っている。

必要なものはカンヴァスと筆と絵の具を溶かすオイルと油壺、筆洗。パレット。油絵の具は国内メーカーがいい。クサカベかホルベインにしよう。白はよく使うから大きめのを、いやセットで買ったほうがお得だ。でもセットで買うと絶対使わない色が出てきてしまう。しばらく放っておくと油絵の具はすぐに固まってしまうし。イーゼルは高いから我慢しよう。椅子の背を使えばいい。カンヴァスは何号にしようか。何を描こう。人物ならF型、風景ならP型。何を描こう。何を。

何を。

手が止まる。

わたしは、何を描きたいのだろう。何か描かなくちゃ、そう思うけれど、描きたいものなんかわたしの中に残っているのだろうか。何を描く？　それが決まらないとカンヴァスのサイズも必要な絵の具も分からない。

描くのだ。絵を。なんでもいい。

フェルメールのような。ゴーギャンのような。ルノワールのような。セザンヌのような。ボッティチェリのような。ミレーのような。ゴヤのような。マネのような。レンブラントのような。ピカソの、クリムトの、マグリットのような。

ルネ・マグリット。

そのとき、ふと頭に浮かぶ。

あのバースデーカード。黒い傘の上にガラスのコップの置いてある絵だ。あの絵は、なんて題名だったろうか。

わたしは画材売り場から画集売り場へ移動する。ル、R。ルネ・マグリット。

画集はすぐに見つかった。

手にしていた鞄を床に置き、画集を引き出した。A4サイズで、国語辞典ほどの厚みがある。表紙はつるつるとしていて一枚一枚の紙も厚く、しっかりとした作りだ。重い。片手ではとても支えきれなくて、わたしはその場に座り込んで膝の上に画集を開いた。

目次はないから、一ページずつめくって探す。その絵は、数ページ目ですぐに現れた。

ごつごつした柄の黒いこうもり傘。その上にコップ。三分の二ほどの水。背景は赤味の強いオレンジ。

タイトルは、『ヘーゲルの休日』とあった。製作は一九五八年。ヘーゲル、とわたしはつぶやいた。

隣のページを見る。詩のような文章が書いてあった。マグリットの言葉だそうだ。

「わたしたちは何者なのか。どこから来たのか。どこへ行くのか」

わたしは何者なのか。

どこから来たのか。

どこへ行くのか。

行けるのか。どこかへ。

眠れない。

ベッドの上で、ごろごろと転がってみる。

夏の初めの夜のむっとした空気はまったりと重苦しく、なんだか嫌な夢を見そうな気がする。真綿みたいにまとわりつく、夜。

こんな夜に天井を見上げたら板目が人の顔に見えるに決まっているから、わたしはなるべく窓の外を見る。家々はとっくに眠りにつき、家の前に立てられている淡い街灯のあかりがぼんやりと差し込むだけだ。

わたしの頭の中に幾つも浮かんでいる疑問符を、目をつむってぼんやりと見やる。

合うドアの見つからない鍵。

バースデーカードの差出人。

何が描いてあるのか分からない油絵。

消えた二百万円。

わたしに「死んじゃえば良かった」と言った女。

事故なんかとは無縁な、見通しの良い道路。

白いワンピースを着て「彼女」が逢いに行った人。

いくら眺めても疑問符が消えない。しみついて消えない。ワンピースの血のシミみたいに。いくら考えても分からない。わたしのなくした記憶の中に、すべての答えはあるはずなのに。

細見くんに会いたいな、と思う。眠れない夜に傍にいて欲しい人を、愛しているのだと思ってしまうわたしは単純が過ぎるだろうか。

わたしの愛する人と、「彼女」の愛する人は違う。ただそれだけのこと。それだけのことなのに、どうしてわたしは、突然細見くんにこんなに距離を感じてしまうんだろう。会いたいのに、そう言えなくなってしまったのだろう。

目をつむる。

いつかわたしだって普通に幸せになれる。

そう信じて。

大丈夫。

わたしは運がいい。

「彼女」の事故現場に捧げられていた黄色い花束は、あっという間に枯れてひからびてかさかさになっていた。

「ま、ドライフラワーだと思えばいいんじゃない？」

薫ちゃんは言った。

「どっちかっていうとミイラに見える」

「じゃあ、ますますすごいじゃん。ミイラを供えられるなんて、エジプトじゃ王族だけだよ？」

けらけら笑う薫ちゃんを無視して、花のミイラを持ってきたビニール袋に入れた。花びらはかさかさと音を立てて崩れて落ちた。この花の飾られていた数日間、誰かがここで足を止めてくれただろうか。誰かが「彼女」のことを考えてくれただろうか。悼んでくれただろうか。

「また花束買ってこようか？」

薫ちゃんの言葉に、わたしは首を横に振った。

「それより、今日こそアイス食べよう」

わたしは道路の向こう側を指さす。お堀の脇には、今日もババヘラアイスの屋台が出ていた。

わたしたちは道路を渡ろうと左右を確認する。車通りはなかった。

歩きながら、堀田さんのことを考えた。

横たわる堀田さんと、彼を見つめながら笑っていた春美さんのことを。

あの笑顔。遠く離れているけれど元気、と、いつも一緒にいるけれど意識がない、は、どちらがより幸せなのか。どちらを望むほうがより愛が深いのか。わたしにはまだ上手く理解できない。常に一緒にいること。愛にとってそれは、そんなに大切なことなのだろうか。

わたしは道路を渡りきって、振り返って事故現場を眺めた。

やっぱりとても見通しがいい。

道路も幅が広いから、堀田さんの車がどんなにスピードを出していたとしても、逃げ場所はあったろう。目撃者はいなかった。激しい衝突音に気づいた近くのお店の店員さんが、救急車を呼んでくれた。

それはすなわち、他に車は走っていなかったってことで、だったらなおさらなぜ「彼女」は、わざわざ堀田さんの車が走ってきたときにこの道路を横断しようとしたのか疑問が残る。どうして「彼女」は、堀田さんの車に気がつかなかったのだろう。

「はい」

薫ちゃんが買ってくれたアイスクリームを受け取って、舌を伸ばし舐めとる。冷たいだけが取り柄の甘ったるいアイスクリームだけれど、子供の頃と同じ味がする。十年経っても変わらない味は、想像以上にわたしを深く安心させてくれた。

お堀の水はこの夏の気温のせいで苔が繁殖し、紺色の絵の具を溶かしたみたいな色をしていた。モネの『睡蓮』ととてもよく似ていた。モネはやっぱり絵が上手いなあ、と馬鹿みたいに当たり前のことを思った。モネみたいにうつくしい色をうつくしいまま受け止めることができたなら、わたしももっと上手に絵が描けるようになるだろう。

お堀の中には、無数に蓮の葉っぱが広がっていた。その間に、ゆるりと水紋ができて広がった。

水紋の先に目をやると、貸しボートに乗っているカップルが見えた。大学生くらいだろうか。男の子は懸命に腕を動かしているけれどボートはちっとも進んでおらず、あまり漕ぎ慣れていないことが一目で分かった。

「こんな汚いお堀で舟に乗ろうなんて、変わったカップルだな」

「観光客じゃない？　もうそろそろテスト休みでしょう」

「あの男、オールの操作下手だな。蓮のつぼみに突っ込まなきゃいいけど」

わたしたちは、彼らのボートの進行方向にある蓮のつぼみに目をやる。生い茂る葉の量に比べると、つぼみは随分と少なく感じられる。強い昼の日差しを浴びても固く閉じられたままで、開く気配は微塵もない。

「蓮の花、咲かないねえ」

薫ちゃんがぼそりと言った。ババヘラ売りのおばさんがそれを聞きつけて、当たり前よ、と言った。

「蓮はね、朝しか咲かないもんなのよ」

「そうなの？」

「神様の乗り物だから。蓮は」

「花に乗るの？　可愛いね、神様」

薫ちゃんはそう言って再び蓮のつぼみを眺めた。神様は花に乗って、どこへ行ってしまうのだろう。わたしが事故に遭ったとき、きっとそこに神様はいなかった。

「神様の乗り物なら、タイムスリップできるかもね」

そうだね。そしたらわたし、記憶を失う前に戻れるね。

わたしたちは、あっという間に溶けていくアイスをこぼさぬよう懸命に舐め続けながら、並んでお堀の蓮を眺めた。蓮のつぼみは、まるで一度も開いたことなんかないみたいに堅く固く閉じられていた。


朔美に見せたいところがあるんだよ、そう言って薫ちゃんが連れて行ってくれたのは、お堀からそう遠くない場所にあるお洒落なオープンカフェだった。

お堀の苔の色みたいな深いグリーンのひさしの下に、道路に向けて幾つか丸テーブルが置かれている。

オーナーがパリにでも憧れているのだろう。店員は皆背の高い男の子ばかりで、黒いパンツに白いシャツに蝶ネクタイ、長いギャルソンエプロンを身につけていた。

「見覚えない？」

「ない。すごいねこの店、うちらの町にはあんまり似合ってないけど」

「ほんとに見覚えないの？　探すの結構苦労したのに」

肩を落とす薫ちゃんに申し訳がなくて、もう一度店の中を隅から隅まで眺め廻した。でもやっぱり知らない。

　わたしに会わない間、薫ちゃんはこの辺りの店にわたしの写真を持って聞き込みをしてくれたのだそうだ。六月十二日、この女が来ませんでしたか？　そしてようやく見つけたのが、このカフェなのだという。

　すごい、探偵みたい、とわたしが感動すると、

「事故現場から半径百メートル以内で、かつデートに使えそうな店は三軒しかなかったよ。だから三軒廻っただけ」

　と、薫ちゃんはあっさりと答えた。

「それでもすごいよ。素人にはなかなか聞き込みとかって発想ない。薫ちゃんが推理小説家になればいいのに」

「それはどうも。ちょっと待ってて」

　薫ちゃんは目当ての店員を見つけたらしく、カウンターのほうへ向かっていった。ポケットから黒っぽい何かを出し、店員に見せて話を始めた。

　わたしはもう一度、店の中を見回してみる。

この店に、「彼女」は来た。白いワンピースを着て。そして好きな人に会った。何を話したのか。その後何があって、どこへ行こうとして「彼女」は事故に遭ったのか。

銀色の丸いテーブルに触ってみる。日の光を浴びて温かい。空を見上げる。オープンカフェのひさしの間から、太陽と空が見える。

息を吸い込む。フレンチプレスされた珈琲の香ばしいにおいがする。

けれど、やっぱり何も覚えていない。

白いシャツ姿のギャルソンを連れ、薫ちゃんが戻ってきた。わたしは小さく頭を下げる。

「この人が、あんたを接客した店員さん」

店員の男は若くて清潔感があって、他のギャルソンたちと驚くほどよく似ていた。

店員はにっこりと感じよく笑った。

「はい。お客様とお連れさまは、白ワインを二杯ずつお召し上がりになりました」

「ワインを？」

わたし、缶チューハイで記憶をなくすくらいの下戸だったんじゃなかったっけ。咲子の思い違いだろうか。彼女が嘘をつく理由はない。かといって、この店員が嘘をつくわけもない。

「彼女がデートしてたのって、どんな男だったんですか？」

薫ちゃんが尋ねると、店員は笑みを顔に貼り付けたままで答える。

「いえ。女性の方とご一緒でしたけど」

女の人？　わたしは、デートしていたんじゃないのか？　デートじゃないならなぜお気に入りのワンピースを？　わたしが混乱している間に、薫ちゃんはまるで名探偵か敏腕刑事のように会話をすすめていく。

「お会計はどっちが？」

「その女性の方が。確か領収書を切られたと思いますけど」

「控え、見せていただくことできませんか」

「はあ。……ちょっとお待ち下さい」

店員は、小さく頭を下げ店の奥へ戻っていった。

「薫ちゃんの言うことなんでも聞くね、あの人」

「これ見せたからね」

　薫ちゃんは胸ポケットから携帯サイズの小さな黒い手帳を取り出した。開くと真ん中に金色の立体的な紋章が飾られていて、ＰＯＬＩＣＥと書かれている。警察手帳だ。

「薫ちゃん、警察の人だったの？」

　わたしが驚いて大きな声を出すと、薫ちゃんは「しっ」と唇に指を当てる。

「レプリカだよ」

「なんでそんなもの」

「たまたま持ってたからさ」

「そういうの、たまたま持ってるものなの？」

「ちょっと資料でね。三万円もしたんだよ」

「資料って何？　え、三万？　高い」

　薫ちゃんがわたしの質問に答える前に、さっきの店員さんが戻ってきた。いや、さっきの人なのかどうかわたしにはすでに見分けが付かない。

　彼はまた薄っぺらい笑みを顔に貼り付けて、わたしたちの前に領収書控えを差し出した。

　おでこをぶつけそうになりながら、わたしと薫ちゃんはその長方形の紙を覗き込んだ。金額、３２００円、日付は六月十二日。わたしが事故に遭った日だ。

一番上を見る。

宛先は、阿部デザイン事務所だった。

8

黒いソファに寝転がったままの阿部さんは、大きなあくびを隠そうともしなかった。相変わらず、この事務所では来客にお茶を出そうという気遣いはない。

クーラーがきんきんに効きすぎていた。

階段を四階分上がってきたわたしは急激に冷えていく背中の汗が気持ち悪くて、背中をソファの背もたれにつけないように背筋をぴんと伸ばしている。薫ちゃんは阿部さんが「生理的に無理」らしいので、今日は一人でここに来た。

「事務所の名前で領収書なんか切ったって、落ちないよ経費。うちの事務員厳しいから。それにお前、もうその日付の日に退職願い受理されてるから関係ない人間だし」

阿部さんに領収書控えのコピーを見せると、彼は興味なさそうにそう言った。

「それにコピーじゃ税務署受け付けてくれないよ」

確かにそうだ。財布の中も鞄も机も探したけれど、貰ったはずの領収書は見つからなかった。

「当てつけ、とかかも知れないですよね」

「当てつけ？」

阿部さんはのそのそと起き上がり、がしがしと頭を掻いた。また白いふけが飛び散る。一体何日入浴していないのだろう。気持ち悪くないんだろうか。そしてどうしてよりによって黒いTシャツを好んで着るのだろう。彼の肩にあっという間に雪みたいに白いものが積もる。前回で慣れてはいたので、眉をひそめずにはすんだ。

「ちなみに、阿部さんて奥さんとか恋人とかいらっしゃいますか」

「なんで？　お前俺に興味あんの」

阿部さんはにやにやと笑いながら言った。

半裸の女の子の絵に囲まれた事務所の中で変なふうに誤解されるのはまっぴらだっ

たので、わたしはなるべくしかめ面をつくって続ける。

「いや、たとえばわたしと阿部さんが実はそういう関係で、阿部さんの奥さん的な人に呼び出されたんじゃないか、と」

たとえば。

あのカフェで「彼女」は奥さんに、阿部さんと別れて下さい、と言った。そのあとに阿部さんに会いに行くつもりだったから、白いワンピースを着ていた。

そしてそののち「彼女」は、嫉妬に狂った奥さんに道路に突き飛ばされ、車にはねられた。だったらあの見通しのよい道路での事故も納得がいく。昨日一晩考えて出たわたしの推理。

阿部さんは、ふん、と鼻を鳴らした。

「妻とか恋人とかいたらな、連日連夜事務所に泊まったりなんかしねえよ」

確かに。

もしそういう人がいたなら、着替えを持ってきてくれるだろうし、風呂に入れと説教するだろう。わたしはふうと息をつき肩を落とす。

まあ、違うんじゃないかなとは思っていたのだ。いくら「彼女」とわたしの趣味が違うとしても、ここまで好みのタイプですらない、むしろどっちかっていうと嫌悪感を覚えるタイプの男性に、恋心を抱くとは思えない。自信はない。「彼女」の服のセンスは、わたしとは真逆だったって事実があるから。阿部さんの、だらりと首元の伸びたTシャツや寝袋なんかを格好良いと思うのかも知れない。

「知ってます？　ルネ・マグリットって、常にスーツにネクタイ姿で絵を描いていたらしいですよ」

「だから？」

「いえ、だからってことはないですけど」

わたしの嫌味は阿部さんにきちんと届いたようだ。彼は鼻をすすって、ふん、と鳴らした。

「マグリットは天才で努力家だからな。凡人で怠け者の俺は、この格好で充分だよ」

阿部さんはようやくもぞもぞと起き上がった。そのまま自分のデスクまで行ってパソコンの電源を入れる。わたしとの話は、もうおしまい、ということらしい。

「あ、じゃあわたしは」

わたしが立ち上がると、阿部さんはちらりとわたしを見て、それから引き出しを開けた。

「これ、持って帰って」

阿部さんは黒いファイルを一冊、ソファの上に投げた。

わたしは手を伸ばしそれを拾い上げた。『作品集　志村朔美』と書いてある。

「あんたがうちの入社試験受けたときに持ってきたやつ」

開いてみる。透明のファイルに、カラーコピーされた数枚の絵が挟んである。失われた十年の間に「彼女」が描いた絵たちだ。めくってみる。なんだかぼやけた絵が続いている。

「下手だな」

思わずつぶやいたら、阿部さんは、

「だろ？」

と言って笑った。笑うと鋭い目がくしゃりと一本の線みたいになった。ああ、この人も笑うんだなと思った。笑い顔は嫌いじゃなかった。

「あの、なんでわたし採用されたんでしょう？」

「事務の竹内が連れてきたんだよ。いい絵を描く子がいるから会ってくれって言って」

　事務の、竹内さん。

　知らない名前だった。

「わたし、その人と親しかったんですか？」

「知らねえよ。竹内に聞けよ」

　阿部さんはパソコンのディスプレイを覗き込んで、マウスをかちゃかちゃと動かしている。彼の隣の事務机に数冊置いてある文庫サイズの本の中の一冊に、目がとまる。

　タイトルは、『法の哲学』。フリードリッヒ・ヘーゲル著。

　ヘーゲルって、人の名前だったのか。あの、傘とコップの絵。『ヘーゲルの休日』。

「竹内、今日は来ないよ」

「社員なのに？」

「いろいろあるんだよ。月末とか俺が用事あるときだけ来てもらってる」

「自由なんですね」

「お前だって無断欠勤ばっかりだったけどな。仕事さえしてくれれば、どこにいようとどうでもいいよ」

　阿部さんは、わたしのほうを一切見ずに、ただパソコンに向かっている。背が高いから、ものすごく猫背だ。たぶん「彼女」は、突然事務所を辞めるって言い出したのだろう。家にも帰れず、お風呂にも入れないほど忙しいのは、「彼女」のせいでもあるんじゃなかろうか。少し、責任を感じる。

「あの、なんか手伝いましょうか？」

　恐る恐る尋ねると、

「いい」

と、一瞬で拒絶された。まあ、そりゃあそうか。わたしはたぶん、「彼女」よりも仕事ができないだろうし。

　これ以上邪魔しないように、頭を下げてそうっとドアに向かう。

「あのさあ」

「はい」

　呼び止められて、振り返る。阿部さんは、パソコンから目を離さないまま、言った。

「俺まだ、お前のいい絵見せてもらってないからさ。描けたら持ってこいよ」

　わたしの、いい絵。

わたしがいい絵を描けるって、阿部さんは信じてくれているのだろうか。

わたしはさっきよりも深く頭を下げて、事務所を出た。


帰りに本屋で買ってきた『法の哲学』を、居間のソファに寝転がって読む。一時間ほどで途方に暮れた。ヘーゲルが一体何を言いたいのか、まったく分からなかった。もう一回最初から読み直そうと一番前のページに戻った頃、玄関ドアが開く音が聞こえた。体を起こす。買い物袋を下げた母親が台所に入ってきたのが見えた。

「おかえり」

「ただいま。珍しいね、本なんか読んで」

わたしの部屋に本がなかったことから分かる通り、やっぱり「彼女」は読書をしないタイプの人だったらしい。

「お母さん、ヘーゲルって知ってる？　哲学者」

わたしが尋ねると、母親は辛いものを食べたときのように顔をしかめた。

「お母さんそういうの苦手。ヘーゲルさんは何を哲学してる人なの？」

何をって言われても、一言で答えるのは難しい。哲学ほど、かみ砕いて人に教える

三根梓
幻冬舎文庫の春まつり
文学少女じゃいけない?
最新刊

美女と魔物のバッティングセンター

木下半太

自殺するくらいなら、復讐しようよ。

自分のことを「吾輩」と呼ぶ〝無欲で律義な吸血鬼〟と、〝冷徹な美女〟の復讐屋コンビが、悩める人間たちの依頼に命がけで応える。笑って泣けて、意外な結末に驚かされる！　サスペンスフルな極上のエンターテインメント。

630円

祈る時はいつもひとり（上・中・下）

白川道

男の誇り高き矜持を描き切った感動巨編！

友と夢を失った男が、愛する女のために立ち上がる。進む道には魑魅魍魎。敵と味方さえ判然とせぬ修羅の道に出口はあるか？　金と欲にまみれた狂乱の中で男が信じた友情と純愛を描く傑作長編！

各680円

君が降る日

島本理生

少しずつ忘れていくことをあなたは許してくれますか？

恋人を交通事故で亡くした志保。その車を運転していた彼の親友・五十嵐。同じ哀しみを抱える者同士、互いに惹かれ合っていく二人だったが……「君が降る日」他２編収録。恋の始まりと別れの予感を描いた恋愛小説。

560円

週末、森で

益田ミリ

働く女性共感度１２０％!!

森の近くで暮らす翻訳家の早川さんの元を、週末ごとに訪ねてくる経理部ひとすじ14年のマユミちゃんと旅行代理店勤務のせっちゃん。仲良し３人組がてくてく森を歩く。ベストセラー「すーちゃん」シリーズ姉妹編の四コマ漫画。

520円

いらつく二人

三谷幸喜
清水ミチコ

縦横無尽で痛快無比な、会話のバトル！

息が合うのか合わぬのか、よくわからない二人のスリリングな会話は、文字にするとさらに面白い！　映画や舞台、歴史などの話から、旅や占い、プライベートな話題まで、ますます笑いが止まらない。

630円

魔法使いクラブ
青山七恵
世界は突然、私をはじき飛ばす。
760円

向日葵の迷路
浅倉卓弥
孤独な魂を優しく包んでくれる、ミステリアスで温かい五編の物語。
630円

遠くでずっとそばにいる
狗飼恭子
文庫書き下ろし
記憶を失った女性の一途で残酷な片想いが謎を解く恋愛ミステリー。
680円

私の夢は
小川糸
文庫オリジナル
旅先で出会った忘れられない味と人々。
560円

平等ゲーム
桂望実
生まれながらにして平等？　不平等？
760円

ふくもの
「幸せお届けします」
上大岡トメ＋ふくもの隊
読むだけでハッピーになる幸福グッズが満載。
560円

私だったらこう考える
銀色夏生
文庫書き下ろし
質問に答え、解放に導く。今、思うことを綴るイラストエッセイ。
480円

あなたの夢を現実化させる
成功の9ステップ
ジェームス・スキナー
人生を劇的に変える、究極のバイブル！　成功技術の集大成。
800円

心を静める
大事な場面で実力を120％発揮する方法
藤平信一
最強の「自然体」を作るには？　勝負強い人になる秘訣が満載。
520円

謀略　仮面警官Ⅴ
弐藤水流
文庫書き下ろし
苦しみながら真実を追う男を描く、人気警察小説第5弾。
760円

ほたるの群れ3
第三話　阿
向山貴彦
文庫書き下ろし
『童話物語』の著者が描く、壮大で謎だらけのジェットコースターアクション！
600円

どんまいっ！
椰月美智子
文庫オリジナル
どうしようもなくバカで愛おしい、輝かしくない青春群像劇の傑作！
630円

欲情の作法

渡辺淳一

いまだかつてない 渡辺式HOW TO LOVE&SEX

男と女の根源的な違いを理解すれば、恋愛はもっとうまくいく。医師でもある著者が自らの体験を交えて綴る、相手をその気にさせる十四の斬新な作法。実践的恋愛&セックス入門講座。

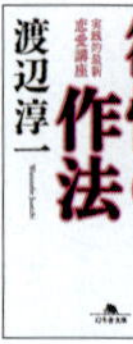

520円

花と流れ星

道尾秀介

謎が解けない理由は、皆そこに、心の傷を隠すから。

霊現象探求家・真備、助手の凜、作家・道尾のもとを、誰にも打ち明けられない秘密を抱えた人たちが訪れる。「流れ星のつくり方」「花と氷」他、人生の光と影を集めた五つのミステリ。人気の真備シリーズ。

560円

モンスター

百田尚樹

『永遠の0《ゼロ》』の著者、最大の問題作!

誰もが魅了される絶世の美女・未帆。しかし彼女の顔はかつて畸形的なまでに醜かった。莫大な金額をかけて徹底的に整形し、変身を遂げたのは何のためか。美の価値観を根底から覆す問題作!

760円

自殺プロデュース

山田悠介

美人プロデューサーは、他人《ひと》の自殺が大好物。

白川琴音は、自殺する者のために音楽を奏でる、大学の極秘サークルの一員。が、ある日、自殺志願者が「死ぬのをやめる」と言った途端、憧れの美人指揮者・真理乃が豹変。狂気の暴走が始まる!

520円

表示の価格はすべて税込価格です。

ことが難しい学問はない。わたしは本をもう一度開き、一部分を拾い読む。

「『私は、ある所有を外面的な物件として自分の外に手放すことができるばかりではない。私の意志が、現存する物として、私にとって対象的であるためには、概念によって、私はその所有を所有として自分の外に手放さざるを得ないのである』分かる？」

「ちっとも。つまり、どういう意味？」

「ええとつまりね、所有するということは、最初からそれが自分の物ではなくなるかも知れない、という可能性が含まれていて、そうじゃない限りそれは所有していると は言えないってことで。本当にそれを所有してると言いたいなら、一回手放してみろ、っていうかね」

ちょっと乱暴な極論になってしまった。

「所有ねえ。まるで恋の話みたいね」

「なんで？」

「恋は終わるかも知れないっていう可能性があるでしょ。でもそれを知らないままで恋愛しちゃうと結構大変、って意味じゃないの」

母親はそう言ってにっこりと微笑んだ。

「ま、相手を所有したいなんて、子供の恋愛だけどね」

この人はまったく哲学を理解する気がない。でもまあ、間違ってもいない気がする。恋愛の最初に感じる気持ちと最後に感じる気持ちは、実は一緒だ。相手を所有したい、所有せねばならない、ただそれだけに行き着いてしまう。推理小説において愛憎渦巻く殺人事件は、大抵恋だの愛だのの最初か最後に起こるものだ。恋のはじまりと終わりが、一番死に近しい。

「朔美、頭打って頭良くなったんじゃないの？　哲学だなんて」

「まさか。わたしも全然理解できてはいないんだけど」

全然理解できないのだけれど、でも、分かるような気がするのだ。ヘーゲルの哲学が。頭の一番奥に、かけらが残っているみたいな。

たぶん「彼女」は、この本を読んだことがある。あるいは誰かに教えてもらったのかも知れない。あの、『ヘーゲルの休日』のカードをくれた人か、誰かに。覚えているわけじゃない。でもそんな気がする。

竹内さん、だろうか。

その人を、「彼女」は愛していた?

わたしは自分の頭に右手で触れた。包帯の感触にはもう慣れてしまった。慣れないのは、思い出せない思い出があること。

わたしは、何を忘れたんだろう。

それだけでもいいから思い出したい。

わたしは本を閉じた。

頭の中は空っぽなのにでもいっぱいで、これ以上何も入りそうになかった。


お酒を飲みたいから付き合って。

そう薫ちゃんを誘って待ち合わせたのは、この間聞き込みをしたモスグリーンのひさしのカフェだ。

店員が飲み物を運んできた。白ワインのグラスを二つ銀色の丸テーブルの上に恭《うやうや》しく置くと、にっこりと感じよく微笑んだ。ごゆっくりどうぞ、店員は軽やかに去っていった。この間の人と同じ男かどうかは、もう思い出せなかった。

細いグラスの脚に指をかける。

「せっかくだから乾杯しようか」

「何に？」

「何にでもいいよ」

わたしはそのまま、なんとなく空を見上げた。オープンカフェのひさしの隙間から、今日も青い空が見える。

「じゃ、空に」

「さすが十七歳のセンス」

「何でもいいって言ったじゃん」

わたしたちは空に向かってグラスを少しだけ掲げ、ワイングラスに口をつけた。鼻に広がる酸味と渋みに、思わず顔をしかめる。白ワインてこんな味なのか。葡萄ジュースみたいなのを想像していた。

薫ちゃんはわたしの表情を見て、まあ十七歳の舌じゃねえ、と笑った。

「なんか思い出すの？　これで」

「五感を刺激したらいいと思って。五感は脳と直結してるって言うでしょう？　この味とにおいは、十七のわたしは知らず、二十七のわたしは知っている、という確かなものだからさ」

　そうだねえ、思い出す前に記憶なくすほど酔ったりしないでね、と薫ちゃんはまた笑った。

「でも、不思議だよね。なんでワインなんか飲んでたのかな」

「え？」

「あの日。事故の前に女の人と。わたしはお酒が飲めないんだから、普通だったらワインなんか頼まない。しかも二杯も。てことは、飲まなきゃいけない状況だったってことじゃない？」

「断れない相手だったってこと？」

　たとえば、そういうことだ。

　目上の人か、初対面の人か。あるいは張り合いたくなってしまう人だった、とか。少なくとも気心の知れた友達だったら、「彼女」はワインなんか飲まなかっただろう。

「それにわたし、デートの時にしか着ないっていう勝負服を着ていた。でも、会っていたのは女性。だから事故に遭ったのは、好きな人に会う前だったんだよ」

「すごい。本当に推理小説家みたいじゃん」

薫ちゃんはそう言って笑った。まったく笑い事ではない。わたしは本気だ。

もう一口、ワインを口に運ぶ。渋い。酸っぱい。苦い。なんで大人はこんなものを好んで飲むのだろう。なんで「彼女」は飲んでいたのだろう。

「でも好きな人って？　細見じゃないってことでしょ」

「うん」

「それで、嫉妬した細見に殺されかけたとか？」

「うわ、何それ」

「推理小説的にはそういう展開じゃない？」

薫ちゃんはそう言ってグラスを口に運んだ。そんな可能性、あるのだろうか。

あの道路。

あの馬鹿みたいに見通しの良い道路。堀田さんがどんなに乱暴な運転をしていたとしても、たぶん、わたしは避けることができた。

「彼女」が避けられなかった理由が、たとえば第三者の手によるものであったとしたならば。ワインを飲まされたわたしなら、突き飛ばすのだって簡単だったはず。

わたしは誰かに殺されかけたのか？

殺したいほど憎まれていたのか？

頭の中に、あの女の人の顔が浮かぶ。死んじゃえば良かったのに。その声と抑揚が、耳から離れない。

薫ちゃんがグラスをあおった。もうワインはほとんど残っていなかった。

「大人がお酒飲むのは、断れないときだけじゃないよ」

「そうなの？」

「あとはね、飲まなきゃやってらんないとき。飲んで頭ん中わざとぐちゃぐちゃにして、忘れるの。大人なら誰だって必ず、酔って忘れたいことが一つ二つあるものだからね」

薫ちゃんはそう言って立ち上がった。

「どこ行くの？」

そう言ったわたしの顔が、あまりに不安げだったのだろう。薫ちゃんはわたしの頭にそっと手を置いて、トイレ、とだけ言った。

カウンターのほうへ歩いていく薫ちゃんの背中を見送ってから、わたしはもう一度空を見上げた。

忘れたいこと。「彼女」が忘れたかったこと。わたしが思い出したいこと。

それは、同じものなのだろうか。

思い出すことはやはり、辛いことなのだろうか。

煙草が吸いたい、と唐突に思った。

誰か、煙草をくれないだろうか。一本でいい。できたら緑色の、インディアンのマークの煙草がいい。不安で苦しい気持ちを、あの味は一瞬だけ忘れさせてくれるに違いない。一瞬だけでいいんだ。永遠に忘れるのは怖いから、一瞬だけ。

忘れてしまって苦しいのに、忘れたくて苦しいだなんて、わたし、もうよく分からない。

わたしは目の前のグラスを手にして、ぐいっと飲み干した。渋い。苦い。喉が焼ける。でも足りなくて、手を伸ばして薫ちゃんのグラスをとり、飲み干した。手を挙げてウェイターを呼んで、白ワインをもう二杯頼んだ。


冬だ。

頬に当たる冷たい風が、その証拠だ。

良かった、やっぱり今は十二月だ。十二月で、わたしは高校二年生で、笠野朔美だ。志村朔美なんかじゃなく。

そこまで考えて、ああ、志村って名前を知っているってことはやっぱり今は今なんだ、と気づいてしまった。分かっていたけれど、もう少しだけ夢を見ていたかった。

うっすらと目を開け、寒い、とつぶやきながらタオルケットを引き寄せた。誰かの重みでタオルケットが上手く引っ張れない。

誰？　細見くん？

ぎょっとして、起き上がる。

タオルケットを視線で辿《たど》る。そこに寝ていたのは、薫ちゃんだった。

狭いシングルベッドで、わたしと薫ちゃんはくっつきあって眠っていた。どうやらここは、薫ちゃんの部屋のようだ。頭がずきずきする。咲子の言っていたのは本当みたいだ。わたしは、缶チューハイ半分で記憶をなくす、というやつ。ちょっとオーバーだけれど。

でも全部忘れたわけじゃない。うっすら思い出せる。

あのあと、カフェでもう一杯ずつワインを飲んで、飲み足りないってコンビニでビールとか日本酒とか買って薫ちゃんの家にやって来たのだ。その証拠に、ベッドの足元には空き缶やらつまみのチーズやらイカやらポテトチップスやらが散らばっている。家に電話を入れたかどうかは不安だったけれど、携帯を見たら母親にちゃんとメールを送っていてほっとした。

ベッドに腰をかけて、部屋の中をぐるりと見回す。

鮮やかな緑色のカーテン。積み上がった本の山。男の子の部屋みたいだ。余り整頓されてはいないけれど、汚くはない。そこら中に、本と何か文字の書かれた紙がばらばらと積み上がっている。仕事の道具だろうか。

喉が渇いた。口の中がべたべたしていてお酒臭い。

立ち上がって、台所へ向かう。

ダイニングテーブルの上も本と紙でいっぱいだった。それからノートパソコンが一台置いてある。

コップを借りようと冷蔵庫の脇の食器棚を覗く。けれどそこには食器はなく、本がびっしりと詰め込まれていた。食器棚を本棚代わりにしているようだ。

ずらりと並んでいるそれは、文庫よりも一回り大きいノベルスと呼ばれるサイズの本だった。その中の一冊を手に取る。作者の名前を見る。大島薫だ。

「へえ」

思わず声が漏れる。表紙は、血まみれのナイフと女のシルエット。薫ちゃん、推理小説家だったんだ。

ぱらぱらとページをめくる。主人公は私立探偵で、ヒロインが警察官だ。殺人が起こり、力を合わせて解決する、そういう感じの、たぶん出張するサラリーマンが新幹線で読むような軽いタッチの娯楽ミステリ。

薫ちゃん、本当に推理小説家だったのか。だからわたしのことにもいろいろ興味を持ったのか。確かにわたし、贔屓目《ひいきめ》抜きに結構面白い題材だと思う。わたしは納得して、食器棚に本を返す。今度、ちゃんと買って読もう。

部屋の壁には大きなコルクボードがあって、壁一面に文字の書かれたメモ用紙が貼ってあった。たぶん、思いついたネタを忘れないようにしているのだろう。

書いてあるのは、「死体を溶かす　↓　完全犯罪」だとか「凶器　↓　ハンガーで絞殺。有り？」だとか「猫の睡眠時間は一日十八時間」だとか「記憶」だとか、いろいろだ。

　ひとつひとつ、声に出して読んでみる。

「コンコルドのあやまり」

「アイスランド海鳥ギルモット青い卵」

「境界性人格障害」

「パソブレシンの受容体」

「一年で二度の事故」

　変な言葉ばかり。ほとんど意味が分からない。おかしくなってきた。笑いそうになったとき、ふと、わたしの目が止まった。

「一年で二度の事故」のメモの下に、紙じゃないものがテープで貼られていた。わたしはそっとテープをはがし、それを手に取った。

　キャッシュカードだった。ほくと銀行県庁前支店。

　名義人の名前を見て、わたしの体ははっと固まる。

　そこに書かれていたのは、わたしの名前だった。

鞄を摑んでそのまま薫ちゃんの家を出た。

逃げるみたいに急いで歩きながら、ここはどこだろうと考えていた。ちょうどバスが来たので、どこ行きだか分からないままそのバスに飛び乗った。薫ちゃんはまだ寝ているみたいで、追いかけてくる気配はなかった。

ここはどこだろう。ここはどこだろう。ここはどこだろうここは。

バスの一番前の他より少し狭い座席に座って、息を整える。

なぜ薫ちゃんが、わたしの銀行カードを持っていたのだろう。いつから？　あの二百万円は薫ちゃんが？　いやでも、お金が引き出されたのは去年だった。

分からない。

わたしは頭が悪い。頭が悪い上に記憶喪失で、いろいろなことを忘れてしまっている。ピースが足りなすぎるから、事実をあてはめて答えを導き出すことができない。

誰か教えて欲しい。でもその誰かすら心当たりはほとんどないのだ。

わたしは携帯電話を取り出した。細見くんの番号を呼び出そうとして、でもできなかった。

二十七歳のわたし、教えて欲しい。

誰を信用すればいいの？

頭が痛い。

吐きそうだ。最初の停留所で、右手で口を押さえてバスを降りた。停留所のベンチに座り込んで、下を向いてしばらくじっとして息を整える。

ベンチの下に、赤い飴玉が落ちていた。

子供が落としたのだろうか。午前中の強い日差しのせいで、溶け始めてべったりとしている。黒く小さな蟻が数匹、その甘い汁にたかっていた。

蟻は可哀想だ。蟻なんかに生まれて可哀想だ。

わたしは下を向いたまま、その飴玉と蟻をじっと見る。

蟻に生まれたやつは可哀想早く死ねばいいのにそんで早くもう少しましなもんに転生すりゃあいいのにさ。

突然、頭の中に言葉が響いた。

あれ、これはなんだっけ。どういう意味だっけ。誰の言葉だっけ。わたしの？

「彼女」の？　何か思い出しそうで、でももちろん思い出せない。

代わりに喉の渇きを思い出して、自動販売機を探そうと立ち上がる。

長い灰色の道路の両側は、延々続く緑の田んぼだった。その真ん中にぼんやりと突っ立っていたら、突然既視感に襲われた。

わたしこの風景、知ってる。

田んぼ、風、におい。煙草のにおい。誰かがいて、笑っている。

知っている。わたし、確かにここにいたことがある。ここは、わたしがかつて一瞬垣間見た天国だ。

天国？　まさか。わたしは天国なんか信じていない。幽霊もUFOもチュパカブラも神様も輪廻転生も。触れないものは信じない。それがわたしの信念のはずだ。そうだった。そうだった？　もうよく分からない。

わたしは、連なった田んぼの中を真っ直ぐに歩き始めた。一面の緑色。空の青。雲の白。世界は一体何色でできあがっているのだろう。鮮やかな色と色との境目で、わたしは何色なのだろう。まるで絵の中に迷い込んでしまったみたいだ。

ひとすじ強い風が吹いて、稲穂がざわりと揺れた。

大好きな絵の中にだったら、閉じ込められるのもいい。昔好きだった歌の歌詞みたいに、そう思った。

そこから四十分ほど歩いて通りがかった人に道を聞いて、そこからさらに十五分歩いてJRの駅に着いた。

疲れた。わたしは息をついて、切符売り場に向かう。たぶん、ものすごくぐるぐると遠回りしてしまったのだろう。

自動販売機にお金を入れようと小銭入れを開ける。右手だけでは難しくて、手から小銭入れを落としてしまった。ちゃりんちゃりん、と午前中の人気《ひとけ》のない駅に響く。

わたしはため息をついて、しゃがみ込み小銭を拾い始める。

いつもは薫ちゃんか細見くんがいてくれたから。切符を買うとかそういう細かいことは全部二人がやってくれていたから。面倒を見てくれていたから。こんな、左手ギプスで記憶喪失で見た目大人なのに脳内年齢十七歳なんていう駄目なわたしも普通にしていられたけれど、でもやっぱり一人じゃ何もできない。

わたしの落とした百円玉を誰かの足が気づかずに蹴っ飛ばしたのを見て、なんだか泣きそうになる。一体わたしは幾らを小銭入れに入れていたのかも分からないしどれくらい拾えば全部拾い終わることになるのかも分からないし、本当わたしって駄目だ。

しゃがみ込んで膝を抱えたまま絶望に似た気分に浸っていたら、右手から小銭入れがしゅっと抜かれた。

スリ？　そう思ってはっと顔を上げたら、そこには薫ちゃんが立っていた。

薫ちゃんはわたしの小銭入れの中に、拾ってくれたのだろう小銭をじゃらじゃらと入れ、仏頂面のまま、

「これで全部」

と、言った。


特急通過待ちのため、五分少々停車いたします。ご乗車になってお待ち下さいませ。間延びしたアナウンスが、ホームに響いている。

わたしと薫ちゃんは電車に乗り、並んで座っている。他に人はほとんどいない。同じ車両には、ヘッドフォンをしてボブ・ディランを音漏れさせている若い男と、スーツ姿のサラリーマン。二人だけ。サラリーマンは目をつむりうとうととしている。

「ホルモン注射って、結構かかるんだよ。お金。手術もしたいしさ」

薫ちゃんが、ようやく口を開いた。わたしは黙ったままだ。口の中がべたべたして気持ちが悪い。

「手島の葬式で久しぶりに会ったときに、あんた、近々臨時収入があるって言うから。利子払うから貸してくれって言ったら、いいよ、ってすぐに。二百万。その金、あんたもあんまり持っていたくなかったみたいだよ」

わたしは薫ちゃんの顔を見ることができなくて、じっと真正面を見つめる。隣り合わせの席で良かった、と心から思っていた。

薫ちゃんの首が、わたしのほうを向いたのを感じる。わたしが薫ちゃんのほうを向くのを待っているのだということは分かる。けれど、いやだからこそ、わたしはさらに真正面を直視した。ガラス窓越しに駅のホームが歪んで見える。

「怒ってるね」

薫ちゃんの声はほんの少し笑みを含んでいる。わたしが怒っていることも怒るだろうと想定していてそれが当たったことも、薫ちゃんにとっては笑い事なのだ。わたしはますます笑えなくなる。

「事故のあと」

「ん？」

「すぐに会いに来てくれて、嬉しかったのに」

わたしは、べたつく喉からようやく言葉をひり出した。けれど薫ちゃんの顔はまだ見られない。

「記憶なくしたっていうから、見に行ったの。借金のことも忘れてくれてたらラッキーだなあ、なんて思ったらさ。案の定」

「わたしのカードは、いつ？」

「洋服買いに行ったとき。口座確認したけどお金入ってなかったからとってないよ。暗証番号、誕生日はやめなね」

わたしは、下唇をぐっと噛んだ。そうしなくちゃ、何か出ちゃいそうだった。涙なんかでも怒鳴り声なんかでもない、何かもっと膿んだものが出そうだった。

「思い出さなかったら返さないつもりだったけど。仕方ないな。ちゃんと返すよ」

「……いらないよ」

下唇を噛んだまま声を絞り出すと、薫ちゃんはわたしの顔を少し覗き込むようにして、

「本気にするよ？」

と、言った。

本気にすればいい。

そんなお金、「彼女」もわたしも、もういらない。もともと、きっと良くないお金だったのだ。何かの手切れ金とか。そうじゃなきゃ、突然必要じゃないお金が二百万円入金されるだなんて、ありえない。

電車のベルが、じりりりりり、とつんざく音で鳴り響き始めた。

薫ちゃんが、ゆっくりと椅子から立ち上がった。

わたしは瞬間的に薫ちゃんのほうに顔を向ける。薫ちゃんは、もうわたしを見ていなかった。ドアのほうへと歩いていく薫ちゃんの背中に、やっぱりもう永遠に会えないんじゃないかと思わせられてしまう。その理由が、やっと分かった。薫ちゃん自身が、もうわたしに会わないかも知れないと、ずっとずっと思っているからだ。

「ねえ」

わたしは思わず薫ちゃんに声をかける。車内から降りる寸前で、薫ちゃんの足が止まった。

「わたしそのお金、どうして貰ったのか知ってる？」

　薫ちゃんは答えなかった。答えなかったし、振り返らなかった。

「一人で帰れるよね？」

　背中のままそう言って、薫ちゃんはそのまま電車から降りた。今度こそこれが永遠のさよならみたいに思えて、わたしは立ち上がって薫ちゃんの背中に叫んだ。

「ねえ、また会えるの？」

　ドアが、ぷしゅっと音を立てて閉まった。

　眠っていたサラリーマンが、目を開けてちらりとわたしを見た。わたしは、ホームを歩いていく薫ちゃんの背中を、一生懸命見つめ続けた。電車が動き始めて、ゆっくりと、歩いていく薫ちゃんを追い越す。薫ちゃん、わたしはあなたが好きだよ。だから、お金なんかよりもあなたが傍にいてくれるほうがいい。分かるよね？　分かって。わたしを分かって。ひとりにしないで。

　薫ちゃんは、一瞬もわたしを見なかった。

9

誰もわたしを見ていない。

きょろきょろと周囲を確認してから、ポケットから鍵を取り出す。

白いハートのキーホルダーにつけられている二つの鍵。その下のほうの鍵を手に取って、鍵穴に突っ込む。入りそうで入らない。

ここの鍵でもないのだろうか。がちゃがちゃとしていたら、ドアが内側から開いた。

「なんだお前、また来たのか」

阿部さんはそう言って、口元を隠しもせずにふわあと大きくあくびをした。わたしは慌てて鍵を鞄に突っ込んで隠した。

「差し入れを持ってきました」

そう言ったら、阿部さんは「いい心がけじゃないか」とにんまり笑って、ドアを大きく開け放った。

家の鍵でもなく、恋人の部屋の合い鍵でもなく、クリーニング屋の鍵でもなく。残るのは事務所の鍵だろうと思ったのだけれど、違ったみたいだ。やっぱりわたしには推理作家の才能がない。

阿部さんはわたしが近所のパン屋で買ってきたサンドウイッチを、美味い美味い、と言いながらばくばくと勢いよく口に運んだ。

「阿部さんて、普段何食べて生きてるんですか」

「何も」

「何も？」

「事務所泊まってるときはね。サプリメントと、あとコーヒーかな。買い物嫌いなんだよ。事務所から出るの面倒くさくてさ。階段四階分上り下りしてまで食い物を買いに行く気はない」

だからこんなに痩せているのか。食欲に面倒臭さが勝つってすごい。

「志村がうちの事務所で働いてたときはさあ、良かったんだけどな」

「なにがですか？」

「昼飯にお前いつも弁当買ってくるんだけど、おかずしか食わなかったんだよ。だからいつも、米、貰って食ってた」

「米だけですか？」

「うん。ケチでな、おかずは卵焼き一切れすらくれなかった。でも、お前がいてくれたから生きてたんだけどな。俺、もうすぐきっと栄養失調だよ」

笑いながら、阿部さんは二つ目のサンドウイッチに手を伸ばした。

わたしは、良かった、と、思わずつぶやいた。

「良かった？」

阿部さんが、怪訝な顔で繰り返す。

「あ、いや。二十七歳のわたしのこと、褒めてくれた人初めてだから」

「褒めてはいない」

でも、必要としてくれていた人がいたのだ。食べ物をくれるから、なんてそんな理由だとしても。「彼女」が、わたしが存在することを嬉しいと言ってくれる人、いたんだ。

目頭がじわりと熱くなる。いや、こんなことで泣いたら馬鹿だ。わたしは大きく息を吸って、感情を整える。

「そうだ。阿部さんに見ていただきたいものがあるんです」

わたしは、大事に運んできたしむらクリーニングの紙袋から中身を出した。出てきたのは、もちろん油絵だ。唯一残っていた、わたしが描いた絵。

阿部さんはサンドウイッチを全部口の中に押し込むと、両手を自分の着ていたTシャツで二、三度拭い、カンヴァスを受け取った。

しばらくそのままじっと油絵を見つめ、飽きたのかすぐにカンヴァスを横にしたり縦にしたりし始めた。

「これは一体何を描いたんだ？」

「さあ。なんでしょう。なんだと思います？」

「知るかよ。これがお前の描いたいい絵ってやつ？　やっぱ才能ないなあ」

そうだよなあ、分かっていたけれど少しがっかりする。もしかしてわたしよりセンスのある人が見たらオリジナリティ溢れる名画なのかも、なんて思ったけれど、そんなできすぎた話はないようだ。

阿部さんはひとしきりカンヴァスを縦横上下にして眺めたのち、

「これ、一枚か？」

と言った。

意味が分からずきょとんとすると、阿部さんはカンヴァスの側面部分を指さして見せた。

カンヴァスの側面四つのうち、三つには絵の具がはみ出していた。けれど一方向だけ、まるでトリミングでもされたかのように真っさらだった。

普通に油絵を描けば、絵の具は側面にはみ出す。そうじゃなければ端が他の部分と同じ濃度で塗れないからだ。でもここだけどうしてこんなに綺麗なのだろう。ものすごく気をつけても、ここまで絵の具をはみ出さずに絵を描くことはできない。

「連作かな」

「知るか」

「もしかしたらまだ地ならしの途中で、カンヴァスを幾つか繋げて描くつもりだったんですかね」

「だとしたら地ならしが下手すぎる。ぜんぜんならされてない」

どっちにしろお前に才能はないな、そう言って阿部さんはぽんっとソファにカンヴァスを投げた。わたしはカンヴァスを手に取り、もう一度眺めた。本当、「彼女」は何を描きたかったのだろう。

手掛かりを探して事務所の中をぐるりと見回したら、机の上の本棚にあるヘーゲルの本が目に入った。その隣には、マグリットの画集がある。「彼女」と阿部さんは、どうやら大変に趣味が合うようだ。わたしはマグリットの画集を手に取って、阿部さんに示した。

「わたし本当はたぶん、こういうの描きたいんだと思うんですよ」

「知らねえよ」

「阿部さんマグリット好きなんじゃないんですか？　画集まで買って」

「俺のじゃねえよ。竹内のだよ」

また竹内さんか。

わたしは、目の前の事務机を見た。並んで置いてあるヘーゲルの本とマグリットの画集。「彼女」とぴったり趣味の合う人。

「あの、竹内さんてどんな方ですか」

「どんなって普通だよ」

「男性ですか」

「女」

「写真とかありませんか」

「写真？　あったかなあ」

差し入れを持ってきたからか、阿部さんは今日は機嫌がいい。というより、いつもお腹がすいていたから不機嫌だったんじゃなかろうかこの人は、と思ったらなんだか今まで緊張していたのが馬鹿らしくなった。攻略法が分かったので良かったけれど。

「あ、あった」

机の中から阿部さんが出してきたのは、履歴書だった。氏名の欄には竹内寛子と書いてある。綺麗な字だった。生年月日を見る。わたしより四つ年上だ。蠍座《さそりざ》。その右端に貼られている小さな証明写真は、若干色あせている。わたしは目を凝らしてその顔を見た。

あの人だ。

わたしが知っているのよりも、少し若いし、化粧も濃い。けれど間違いない。

「死んじゃえば良かったのに」

彼女の声が、耳の奥によみがえる。

そこに写っていたのは、初めてここに来た日に公園で会った、あの女の人だった。

駅から家までの道をゆっくりと歩きながら、わたしは考えていた。

わたしはあの日、事故に遭った日、オープンカフェで竹内さんと会っていたのだ、きっと。そして退職願いを渡した。彼女が領収書を切ったのだったら合点がいく。経理をしているのは彼女だ。会社の用事で会ったのだから、自分の領収書は自分で通せばいい。

ではなぜわたしは白いワンピースを着ていたのだろう。彼女に見せたかった？　まさか。わたしは竹内さんに退職の旨を告げ、そののち「恋人」に会いに行った、あるいは会いに行く途中で事故に遭った。あの見通しのいい道路で。竹内さんに殺されかけた？　まさか、そんな。

竹内さんとわたしは、一体いつからの知り合いなのだろう。

阿部さんはわたしを志村と呼ぶ。なのに彼女は、わたしを笙野さん、と呼んだ。だから「阿部さんを挟んでの三角関係」という線もないだろう。もし二人が親密な関係であったならば、わたしのことは同じ呼び方をすると思う。

たぶんわたしは、母親の再婚前に竹内さんと出会った。そして、わたしの苗字が変わったのち、阿部デザイン事務所に紹介してもらった。嫌いな人間にそんなことをする人はいまい。わたしと彼女は、ある程度以上仲が良かったはずだ。

なのに何故彼女はわたしに、「死んじゃえば良かった」なんて言ったのだろう。

彼女が「彼女」を憎んだ理由はなんなのか。

そこまで考えて、油絵を事務所に放置してきてしまったことに気付いた。取りに戻ろうか、迷ったけれどやめた。またあらためて事務所へ行こう。差し入れを持って。

わたしはほんの少し、阿部さんに会うことを楽しみにしている自分に気付いた。あの会社で働くことを選んだ「彼女」は、わたしなんかよりずっと人を見る目があるのかも知れなかった。

部屋に帰ってベッドに寝転がる。

ようやく少しずつ解け始めた幾つかの謎。でもそれは点ばかりで線にならない。

ベッドサイドに並べた失われた十年のかけらたちを、寝転がったままぼんやり眺める。

遊園地の土。バースデーカード。赤い帽子。哲学書。画集。シミの落ちない白いワンピース。銀行の通帳。クレジットカード。

薫ちゃんは元気かな、と通帳を眺めながら思う。

薫ちゃんに会いたい。竹内さんのことを話したい。薫ちゃんならきっとすごいアドバイスをくれる。でもわたしたちの間柄は単純な友達なんかじゃなかったことが発覚してしまったから、簡単に「会いたい」なんて口にできない。

最初から言ってくれれば良かったのに。言ってくれていたら、こんなふうにならずにすんだろうに。でもそうだろうか？　もし最初にお金のことを聞いていたら、わたしは薫ちゃんに対して心を開かなかったかも知れない。薫ちゃんを信頼しなかったかも知れない。

細見くんだってそうだ。

わたしたちの恋愛があんまり上手くいっていなかったことを最初に言ってくれてい

たら。でもそれだって同じことで、そんなこと聞いていたらわたしと細見くんはぎくしゃくしてしまっていただろう。彼らは大人だから、きっと上手くやり直そうとしてくれた。

もしも。

もしもわたしが記憶喪失になっていなかったら。わたしは今、どんなことを考えていたのだろう。薫ちゃんや細見くんと、それから竹内さんと、どんなふうに接して何を話していたのだろう。

もしも事故なんかに遭っていなかったら。

事故に。

その瞬間、ふと、薫ちゃんの部屋で見たメモが思い出される。あのたくさんのメモの中で、一番目に焼き付いた言葉。

「一年で二度の事故」

声に出してつぶやいてみた。

初めて志村朔美と声に出してみたときみたいに、喉の奥にざらざらする何かが残った。

結婚後の咲子の家は、うちからバスで二十分の場所にあった。

田んぼの真ん中に建つ二階建ての一軒家だ。すごいな、同い年の友達がすでに一軒家を持っているだなんて。そう言ったら、

「でも三十年ローンだし。ゆくゆくは二世帯住宅にするからって、旦那の親御さんに頭金払ってもらったんだよ。名義は旦那だし、離婚したらわたしが追い出されることになるよ」

と咲子は肩をすくめた。

「離婚？　そんなの考えたことあるの」

わたしが尋ねると、しょっちゅう、と咲子は答えた。四六時中離婚を考えるような相手と子供を三人も作るのか。恐ろしいな、大人は。二人の子供は今、学童保育に行っているという。

お土産に和菓子の榮太楼のロールケーキを出すと、あ、これお米の粉でできてるってやつでしょ？　食べたかったんだと咲子は顔をほころばせた。

「食べたかったのに食べなかったの？」

「子供が小さいから買いにいけないんだよ。それに、おやつにそんなにお金かけていられないいし。十七歳の朔美は知らないかも知れないけど、主婦のお小遣いの平均額ってほんと雀の涙だよ」

そう言って咲子はころころと笑った。

咲子のお腹は、この間会ったときよりもさらに膨れあがっていた。あの中に、人間がいるということ。咲子の子供だということ。それがまだ、よく理解できない。だって、子供を産めるってことは大人だってことだ。三十年ローンを組む理由も分からない。三十年後、自分がここにいるってどうして信じられるのだ？

もしかしたらいつか北極に住むかも知れない、などと思ったりせずに生きること。三十年後も同じ男の人を好きでいると信じられること。地に足を付けること。

わたしにはできないたくさんのことを、咲子はするりとやってのける。わたしが信じることができないものを、咲子は信じて生きている。怖くないのだろうか。自分が所有していると思っているものだって、簡単になくなってしまう可能性を秘めているのに。

「ちょっと待ってて。お茶淹れてくるね」

咲子はそう言って大きなお腹を抱え、よっこいしょ、と嘘みたいなかけ声をかけながら立ち上がり、キッチンへと歩いていった。居間に残されたのは、わたしと、咲子の二人の子供たちが遊んでいたのだろう青いプラレールで囲まれた街だった。畳の上に不似合いなそれは、ちゃぶ台の下を通り座椅子の裏まで伸びて、部屋中を占領している。

停車中の銀と緑の列車を手に取り、スイッチを入れてみた。青いレールの上に置くと、がしゃがしゃと音を立てながら不器用に走り始めた。

「ごめんね散らかってて」

紅茶の入ったポットとカップをお盆に載せて、咲子が戻ってきた。

「すごいね。プラレールはわたしが子供の頃とおんなじ」

「ね。すごい長寿。いまだに子供の心を捉えてるんだもん」

咲子は笑って、またよっこいしょ、と言いながら座椅子に座った。

「お腹の子供はどっち？」

「また男。もう男だらけ。地獄よ」

「そう？」

「女の子が欲しかった。女の子育てたかったもん。マニキュア塗ってあげたりしてさ」

楽しかったね、あの頃。咲子は遠い目をした。わたしにとってはまったく遠くない記憶は、彼女の中ではとっくに風化しかかった良き思い出だ。こうしていると、本当にわたし、タイムスリップしてきたみたいな気分になる。

「今日は、なに？」

「え」

「なんか用事あったんでしょう？　わざわざうちまで来てくれるなんて」

高校時代は用事なんかなくたっていつも一緒にいたじゃん、とは、言えなかった。そんなのは、咲子にとっては過去にすぎないからだ。わたしにとってはまぎれもなく今なのだとしても。それでもいい。会ってくれるなら。

誰かと会いたかった。誰かと話したかった。わたしを、笙野朔美を知っている人と。

「マニキュアを塗ってもらおうと思って。ちょうど良かったよ。わたしのこと娘だと思っていいから」

わたしは、鞄からマニキュアの小瓶を取り出す。薫ちゃんと一緒に買いに行った紫のマニキュアだ。わたし今これだから、と左手のギプスを掲げたら、咲子は笑って、

「お安いご用」

と答えた。さすがに娘だとは思えないけどね。

咲子はわたしを自分の隣に座らせた。そしてテーブルの上にわたしの右手を置き、マニキュアの小さな刷毛を滑らせはじめた。つんとくるシンナーのにおい。

「マニキュア塗るの、久し振り」

「そうなの？」

わたしは咲子の爪を見た。深爪かと思うくらいに短かったし、何の色も載せられていなかった。

「子供産んでから、ぜんぜん。でもやっぱりいいね。爪が綺麗だと心が華やぐ」

咲子はあっという間にわたしの五枚の爪を塗りおえると、綺麗、とつぶやいてふうっと息を吹きかけた。

わたしは自分の右手の指を、一本ずつ眺める。細見くんに見せたいな、と思った。

「わたし、高校卒業してから咲子とはあんまり会ってなかったの？」

「そうだね。卒業してすぐの頃は年に二、三回美術部の集まりがあったけど、就職してからはまったく。わたしすぐ結婚しちゃったし。キャンプに行ったのが三年ぶりくらいだったかな」

「そうなんだ」

「この間が、手島くんのお葬式以来だった」

わたしは咲子のお腹を見やる。人が死んで、人が生まれる。当たり前のこと。そうじゃなきゃ、世界は人間で溢れてしまう。

「生まれ変わりってあるのかな」

わたしがぼそりとつぶやくと、え、なに急に、と咲子が戸惑った声を上げた。

「よく言うでしょ、三歳までは前世の記憶があるって。それがもし本当なら、人間の魂は永遠に転生するってことでしょう?」

「へえ。うちの子二人は五歳と四歳だからもう忘れてるね。じゃ、この子生まれたら聞いてみるよ」

咲子はそう言いながら、自分の大きなお腹に触った。

「あ、蹴った」

「ほんと？　触っていい？」

　どうぞ、と咲子は言って、マニキュアがよれないように気をつけながらわたしの右手を導いてお腹に当てた。咲子のお腹は水風船みたいに弾力があった。爪を立てたら割れそうだ。ねえ、そこにいるなら蹴って、と声を出さずにつぶやいてみたけれど届かなかったみたいで、咲子のお腹はじっとしたままだった。

　それでもぴんと張り詰めた咲子のお腹は力強かった。この中に人間がいる、ということ。命があって、心臓が動いているということ。人が生まれるということ。

「ねえ」

「ん？」

「手島くんて、なんで死んじゃったの？」

　咲子のお腹に手を当てたまま、わたしは言った。咲子のお腹は動かないままだ。

　咲子はしばらく黙っていた。顔を上げ咲子を見ると、首を傾げて微笑んだ。友達じゃなくて、母親みたいな顔をしていた。

　咲子は意を決したように息をつくと、わたしが言っても良いのかな、と前置きをして、言った。

「交通事故。トラックと衝突してね、即死だった」

言葉が見つからなくて、わたしは息を止めた。

「手島くんのお葬式って、いつだったの？」

「いつだったっけ。ちょっと待って。カレンダー見る」

咲子はそう言ってまた立ち上がった。わたしの手は、咲子のお腹から離れた。右の手のひらの内側には、じんわりと咲子の体温が残っていた。生きている人間の温度だった。

咲子は台所の冷蔵庫の脇に貼ってあるカレンダーを見た。

「ええとね、去年の、……六月二十日」

手島くんとは、もう二度と会えないのか。

実感のないまま、ぼんやりとそう思った。手島くんはどんな大人になっていたのだろう。大人になった彼を、わたしは知らない。わたしは十七歳の手島くんしか知らない。

絵が上手くて行動力と統率力があって弁が立って、でも言葉使いが乱暴で行動も粗暴で女にも手が早かった。同じ学校に彼女が二人いて、さらに他校にも付き合ってる人がいるって噂だった。あんまり勉強はしてなかった。ずばずば何でも口にするから、傷つけられたことが何度もあった。でも嫌いじゃなかった。

「手島くんのお葬式、行きたかったな」

思わずぼそりとつぶやいた。とても小さな声だったのに、咲子には届いたようだった。

「行ったよ、朔美は」

「うん。そうかも知れないけど。行きたかったな、わたしも」

わたしは咲子の膨らんだお腹を眺めて、それからもう一度プラレールを見た。おもちゃ電車はぐるぐると、いつまでも同じ場所を走り続けている。

咲子の家から出てすぐに、わたしは鞄の中から預金通帳を取り出した。

最初のページ。二百万円の入金は、去年の六月二十六日だった。

手島くんのお葬式は、去年の六月二十日。

一年で二度の事故。

ひとつは手島くんの事故。もうひとつはきっと、わたしの事故だ。

でもなぜ薫ちゃんは、二つの事故を一緒に並べた？　ただ日にちが近いだけで、他に共通点はないのに。

きっと何かある。わたしの事故と、手島くんの事故を繋げるもの。

イシザキコウムテン、とわたしはつぶやいた。


その工務店はわたしの住む町から電車で四駅先の、住宅街の中にあった。住所はグーグルが簡単に教えてくれた。

便利な世の中だ。これじゃ、探偵さんは仕事が減って大変だろう。薫ちゃんの小説も、きっとネタ不足に違いない。

看板には、石崎工務店、となんの変哲もない明朝体で書かれていた。砂利敷きの広い敷地で、白い軽トラックが二台停まっていた。

歩くとじゃりじゃり鳴る小石のひかれた道を歩いて、店舗のガラス扉から中を覗く。応接セットが見える。中に人気はない。誰もいないのかも知れない。

工務店の脇には、花壇があった。工務店には似つかわしくないような、煉瓦で囲まれた畳一畳分ほどの土地だ。家庭菜園にも見えるけれど野菜を作る気はないらしく、一面に花が植えられていた。小さな花だった。紫色の花だ。なんて名前だったろう。この花は。

むっとする甘いにおいが立ち上る。植物の、生きている花の生きているにおい。

突然、わたしはその花を滅茶苦茶に手折りたい衝動に駆られた。この花は、嫌いだ。この花は、どうしてか嫌いだ。

我慢できなくなったわたしは、目の前の花の細い首に手を伸ばす。茎はぽきりと簡単に折れた。自分の鼻腔に近づけてみる。やっぱり嫌なにおいだ。頭の中をぐちゃぐちゃにかき混ぜられるような感覚。甘すぎて吐きそうだ。

そのにおいで、この花の名前を思い出した。

忘れな草だ。

あまりにもできすぎている。馬鹿馬鹿しい。

花を投げ捨てようと手を振り上げたら、右手の指先が目に入った。紫の花びらが、自分の選んだマニキュアと同じ色であることに、そのとき気づいた。

はっとして顔を上げ、同時に、ガラス扉の奥からわたしを見ている人の視線にも気づいた。

黒いソファに腰をかける。

クッションが固くて、わたしの背筋はぴんと伸びる。

目の前の男は、ベージュのつなぎを身につけ、膝と膝をくっつけて座っている。小さく見えた。初めて会ったときよりも、随分と小さく。

「すみません。今、うちの出てるから。お茶とか、分からなくて」

男は言った。この人が、石崎工務店の石崎さんなのだろう。この人が。なんでこの人が。

わたしはその男を知っていた。

いや、よくは知らない。ただ顔を合わせて言葉を交わしたことがあっただけだ。男は下を向いたままインディアンのマークの緑色の煙草を手にし、一本くわえて火をつけた。それから慌てたように、わたしに向かって「吸いますか」と言った。

わたしは、首を横に振って断る。

「大丈夫ですか」

彼は言った。相変わらず、彼の印象はひょろりと細長い、だった。

「何がですか」

「怪我とか……いろいろ」

「いろいろ」

わたしが繰り返すと、石崎さんはばつが悪そうにうつむいた。

「わたしね、この間の事故でいろいろ忘れちゃったんです。だから、確認に来ました。これ」

わたしは、銀行の通帳を開いて二人の間にあるガラス製のテーブルの上に置いた。ガラスのテーブルにわたしの爪が当たってかつんと鳴った。彼は開かれた通帳の文字を、じっと見た。その距離では見えないだろうと思ったけれど、そこに何が書かれているかを彼は知っているから、見る必要なんかないのだった。

「これは、何のお金ですか」

「……慰謝料です」

「なんの？」

石崎さんは答えない。わたしは、覚悟を決めて尋ねる。

「手島くんの事故の加害者が、あなたですか?」

石崎さんは、目線を下に向けたままゆっくりとうなずいた。

わたしは手のひらをぐっと握りしめる。伸びた爪が手のひらに当たって痛い。苦しい。叫び出しそうになるのを、必死でこらえる。わたしには、まだ聞かなければならないことがある。

「なぜ、わたしにもお金をくれたんですか?」

石崎さんはわたしを見た。石崎さんの目は、不思議ととても澄み切っていた。

「僕のトラックが衝突した手島さんの車に、あなたも乗っていたからです」

二つの事故の共通点。

それは、わたしだ。

握りしめた手のひらにさらに力を込めた。ぎりぎりと爪が手のひらに食い込んでいく。紫色の爪。

あの紫色の花を、わたしはかつて何度も見たことがある気がする。何度も見て、何度も捨てた。握りつぶして、ゴミ箱に突っ込んだ。でも何度も何度もこの人は持ってきた。わたしのうちに。そしてきっと、手島くんのうちにも。

頭の中がぐらぐらする。気持ちが悪い。

「あの日、なぜ病院にいたんですか？」

あの日。わたしが目を覚ましたとき、一番最初に会ったのはこの人だった。病院の喫煙室、モネの『睡蓮』の下に、この人はいた。

「心配だったから」

彼は言った。

「事故の知らせを受けたんです。あなたのお母さんから。それで……。あなたが、ついに成功してしまったのかと、思ったから」

え？　と、わたしは思わず聞き返した。

成功？

「あなたが自殺未遂をするたびに、僕は病院へ行きました。あなたは一度も会ってはくれませんでしたけれど」

わたしは顔を上げ、彼の顔を見た。

何を言っているのか分からなかった。何を言われているのか分からなかった。でも。だけど。

やっと分かった。ずっと不思議だったのだ。わたしが通っているのが、外科でも内科でもなく、心療内科だということが。

頭が痛い。

これ以上ここには、わたしはいられない。いてはならない。

紫の花のにおいが、わたしの頭をぎりぎりと締めつける。


石崎工務店を出て駅までの道をよろよろと歩きながら、わたしは石を探していた。手のひらにちょうどいいサイズの、握りやすいやつ。手頃な石はすぐに見つかった。

わたしはそれを拾い上げ、歩道の縁石に腰を掛けた。

石をふりあげて、膝に載せた左手のギプスに思い切り叩きつける。激痛が走る。当たり前だ。まだ腕は完治していない。でもそうせずにはいられない。顔をしかめて苦痛に耐えながら、わたしは石でギプスを叩き続ける。ぼろぼろと白い細かい粒子が落ちる。

そしてついにギプスが割れた。石膏を剝ぎ、薄汚れた包帯を剝ぎ取ると、わたしの皮膚が現れた。ふやけていて、垢がこびりついて赤黒い。筋肉が衰えたのか、指も手首もやけに細く感じる。ピンク色に塗られていたはずの爪はぼろぼろだし、不格好に伸びてしまっている。指を、少しだけ折り曲げてみる。動いた。でもその代わりにきんとした痛みが背中まで走った。

わたしは左手をゆっくりとひっくり返し、やせ細った手首を見た。

みみず腫れみたいな赤黒い線があった。

わたしの左手首には、剃刀《かみそり》で切った跡が、何本も何本も何本もあった。


老人ホームへの行き方は覚えていた。

誰かに会いたくてたまらなかった。誰にも会いたくなかった。一人でいたかった。一人ではとてもいられそうになかった。

ホームの受付のやたら毛量の多い鳥井さんは、わたしのことを覚えていてくれて、すぐに美智ばあちゃんのところへ案内してくれた。美智ばあちゃんはホームの庭のベンチに座って、ぼんやりと空を眺めていた。

「しばらく二人にしていただけますか」

そう言ったら、鳥井さんは少しだけ渋って、分かりました近くにいますから何かあったらすぐに呼んで下さい、と言って離れていった。

美智ばあちゃんの顔を見た。美智ばあちゃんはわたしの顔を見なかった。ただ空を見ていた。

わたしは美智ばあちゃんの隣に座った。木陰ではあったけれど、木製のベンチはアスファルトみたいに灼けていた。

「暑くないの？」

そう声をかけてみた。美智ばあちゃんは何も言わなかったし、わたしのほうを見たりもしなかった。わたしのことを忘れているんじゃなくて、わたしのことなんか最初から知らないんじゃないかと思った。わたしなんか本当はいなかったんじゃないかと思った。

「美智ばあちゃん、もう何も覚えていないんでしょう？　自分の産んだ子供のことかも分かんないんでしょう？　おじいちゃんのことも忘れちゃったんでしょう？　大好きだったのに？」

美智ばあちゃんは何も言わない。わたしは気にせず話しかけ続ける。

「忘れちゃったとき、悲しかった？」

　わたしは美智ばあちゃんのほうを見た。美智ばあちゃんの顔はわたしが知っているものよりも皺くちゃだった。

「忘れちゃうのは苦しいよね。悲しいっていうよかさ」

　美智ばあちゃんの手を見た。細くて小さくてがさついていて、わたしの左手のようだった。

「美智ばあちゃんは今、何が楽しくて生きてるの？　楽しいってことすらも忘れちゃったのに、なんで生きていけるの？　好きだったものを忘れたってことは、もう好きなものなんか何にもないってことじゃない」

　美智ばあちゃんの足を見た。夏物とは思えない分厚い長いえんじのスカートの裾から、ひょこりと足首が覗いていた。白いレースの靴下を履いていた。足元はホームのものらしい、便所サンダルみたいなどうでもいい突っかけだった。

「なに見てるの？」

　美智ばあちゃんの目は色素が薄くなっていて、黒目の部分が灰色がかって見えた。もう何も見えていないのかも知れなかった。何も見ていないのかも知れなかった。唇だけ異様に赤く浮いていた。口紅を塗っているみたいだ。美智ばあちゃんの唇は絶えずもごもごと動かされていたけれど、何も音は発せられなかった。

「ねえ、何か喋って」

美智ばあちゃんは、何も言わなかった。

わたしは下を向いて目をつむった。泣くかなと思ったけれど、涙なんか出やしなかったし、わたしは悲しくなかった。

泣けないのは当たり前だ。

忘れてしまったこと自体は、けして悲しいことではない。

わたしが一番悲しかったのは、死にたいほど悲しかったはずの出来事を、何も覚えていないという事実だった。


ホームを出ようとしたら、鳥井さんに呼び止められた。

「美智おばあさん、見ても分からないみたい。大事なものですからあなたにお返ししたほうがいいと思って」

彼女はそう言って、わたしに写真の束を差し出した。前に来たときに置いていったものだ。写真は薄いティッシュペーパーにくるまれていた。

「これ、大事なんですか」

わたしが真顔で尋ねると、鳥井さんはきょとんとした顔をした。

「だって、思い出の品でしょう？」

「思い出って大事ですか」

鳥井さんは一瞬わたしを気味悪げに見て、それから無理矢理に笑顔を作った。そして丁寧に頭を下げると、そのまま受付業務に戻った。

わたしは彼女のつむじをしばらく眺めてから、ホームの自動ドアをくぐった。


久し振りにお風呂にお湯を溜めて浸かった。

ギプスをしていた左手を擦《こす》ったら、馬鹿みたいに大量に垢が出た。最初は気持ち悪かったけれどだんだん面白くなってきて、痛いのを我慢してごしごしごしごし擦った。擦れば擦るほど垢が出てきて、わたしの体はなくなっちゃうんじゃないかと思った。なくなっちゃっても別に構わないな、と思った。

湯船にゆったりと浸かって、じゃぶじゃぶとお湯を贅沢に溢れさせた。汗がだくだくと出た。歌を歌ってみた。子供の頃みんなのうたで聴いた、『メトロポリタンミュージアム』という曲だ。夜の博物館に迷い込んだ女の子が、ミイラに出会ったり絵の中に閉じ込められたりしてしまう歌。少し暗いメロディーラインと、薄気味悪いほど高い声で歌われる歌詞にぞくぞくした。声が反響して、わたしの声じゃないみたいだった。

大声で歌っていたら、母親が途中でお風呂場を覗きに来て、「ご機嫌ね」と笑って言った。わたしは、うん、と笑って答えた。

わたしじゃない人には、わたしがご機嫌に見えるらしい。

わたしはわたしがご機嫌なのかどうか分からなかった。

わたしはわたしが分からなかった。

でも自分を分かっている人なんかいないのだということなら、分かっていた。

髪の毛が濡れたまま、ベッドの上に寝転がった。

枕がびしょ濡れになるし首筋が冷たいし気持ち悪いけれど、誰に迷惑をかけるわけでもないからいい。「彼女」は、いや、わたしは生きているだけで他の人たちにいろんな迷惑をかけている。自分にかける迷惑ぐらい、自分でどうにかする。

美智ばあちゃんとわたしは同じだと思っていた。

でも違った。美智ばあちゃんは少なくとも、自分で自分を傷つけたりしない。

鞄に手を突っ込む。薄いティッシュペーパーは破れてしまっていて、鞄の中で写真はばらばらに散らばってしまっていた。

一枚取り出す。わたしと細見くんと観覧車が写っていた。もう一枚取り出す。美術部のみんなの写真だった。背の高い木々に囲まれているから、きっとこれがキャンプに行ったときの写真なのだろう。

その写真をじっと見る。真ん中に、わたしと細見くんが座っている。二人とも笑っている。仲が良さそうだ。わたしの隣には咲子。咲子の隣には知らない男の人。この人が咲子の旦那さんか。格好良くはないけれど派手な顔立ちで、咲子の好みっぽい。二人の子供も一緒にいて、幸せそうだ。薫ちゃんは写っていない。

一人一人顔を見た。知らない人と、知っている人がいた。一人一人眺めながら、いつのまにか手島くんの姿を探していた。

手島くんは、後ろから二段目の列にいた。

彼は真ん中より少し左で、中腰になって笑い顔を見せていた。その横に、女の人が立っている。恋人だろうか。桃色のワンピースを着ている。キャンプだっていうのにこんな格好で来るなんて、まるで「彼女」みたいだ。顔がよく見えない。気になる。手島くんの恋人の顔が見たい。わたしは鞄の中を漁り次々と写真を取り出す。

これじゃない。これじゃない。これでもない。これでも。

そして次に手に取った一枚に、わたしは目を奪われる。

その写真の中では、「彼女」と細見良彦が手を繋いでみなに冷やかされていた。付き合うことになったと皆に報告しているのだろう。その後ろでおかしそうに笑っている手島くんがかぶっているのは、毛糸の帽子だ。赤い毛糸、ざっくりとした。茜色。わたしの家の押し入れの中にあったのとそっくりな。そしてその隣で、ピンクのワンピース姿で笑顔を見せている人は。

間違いない。

竹内寛子だった。

10

彼はよく赤い毛糸の帽子をかぶっていた。

いつも。春でも夏でも秋でも。もちろん冬も。何年かおきに買い換えられていただろうけれど、でもどうしてか彼が選ぶのはいつも赤い毛糸の帽子だった。

いつからかぶっていたのかは知らないけれど、高校時代の記憶の中でも、彼は赤い帽子をかぶっていた。

ある冬の日だった。HRが終わり授業のチャイムが鳴ってからも、彼はその帽子をかぶったままでいた。なんでとらないの？　誰かが聞いた。今日寝坊したから髪ぼさぼさなんだよ。彼は答えた。

授業開始から数分遅れて教壇に立った初老の教師は、

「その帽子を脱ぎなさい」

と、彼に注意した。当たり前だ。物理の授業だった。彼は席を立ち、穏やかな物理教師に目線を合わせ向かい合った。

「先生、なぜ北極熊は白いのかご存じですか？」

一体なんの話だ？　クラス中の皆が思った。しかし物理教師は伊達《だて》に年齢を重ねていなかった。雪と氷の世界で、身を隠し捕食しやすくするためだろう、生きるためだよ、とすぐに答えた。彼は深くうなずいた。

「では先生、日本の動物園に連れてこられた北極熊は、なぜ白いのでしょうか」

物理教師は、不意を突かれて一瞬黙った。

「先生の論理でいけば、日本に住む北極熊は白以外の色になる可能性がある、ということですね。日本で生きやすい色は、けして白ではありませんから。ガラパゴスではピンク色のイグアナが発見されたそうですし、捕食される可能性の低い生き物は、自分の生きやすい色に変われるのかも知れない。それも一理です。でも僕はそう思いません。北極熊は永遠に白い体を維持するでしょう。なぜなら北極熊にとって白い体は、故郷への愛であり、アイデンティティだからです。この帽子は、僕にとってとても大切な人から貰ったものです。だからこれは僕にとって愛そのものであり、アイデンティティであります。ですから僕はこの帽子を脱ぐわけにはいかないのです」

彼の長い長い演説は穏やかな物理教師を穏やかではなくし、彼はそのまま職員室へ連行された。退屈な物理の時間は、突如笑い声の溢れる自習時間になった。

休み時間になってようやく、彼は解放されて教室に戻ってきた。もちろん帽子は頭の上になく、彼の手に握られていた。彼の髪はたしかにぼさぼさだった。でも前の日と何が違うのか、わたしには分からなかった。

わたしは尋ねた。

「その帽子、誰に貰ったの？」

「自分で買った」

「嘘ついたの？」

「嘘じゃねえよ。俺にとって一番大切な人間は俺だし」

「じゃあさ、いつかきみに自分より大切な人ができたら、その帽子をあげるかも知れないってこと？」

「まあ、そういう可能性は否めないよな」

彼はそう言って、ひょいっとわたしにその帽子をかぶらせた。一瞬だった。

「似合わねえな」

彼はそう言って、すぐにその帽子を鞄の中にしまった。

はっとして、わたしは自分の髪に手をやった。彼のにおいが、わたしの髪に少しだけしみた。その帽子が欲しい、そう思った。

そうだ、あれは三学期がはじまったばかりの頃だった。

ああそうか。

わたしが十七歳の十二月に戻った理由が、今分かった。

わたしの中から消えたのは、記憶じゃない。


きみだ。


阿部さんに、もう一度竹内さんの写真を見せて欲しい、そう頼んだ。本当の目的は写真じゃないけれど。おにぎりを山ほど差し入れたら、ご機嫌で履歴書を出してくれた。

ざっと目を通す。住所は市内だ。大丈夫、簡単に覚えられる。住所と電話番号を何度も頭の中で反芻《はんすう》し、目の裏に焼き付けた。

　この間忘れていった油絵を受け取って、挨拶もそこそこに事務所を出た。ドアの前で左の二の腕の柔らかいところにボールペンで電話番号をメモした。ボールペンが引っかかって、少しだけ皮膚がよれた。でもその程度の痛みにはとっくに慣れていた。事務所の前から逃げるように早足で歩き去って、それからもう一度自分の腕に書いた数字を反芻した。大丈夫、あってる。

　わたしはそのまま、携帯電話で覚えたての住所を検索した。


　竹内さんのアパートはすぐに見つかった。

　築数十年は経っているだろう。あまり高級そうには見えない。背の低い白い鉄柵に囲まれた小さな庭があり、細い廊下沿いに一階に四つ、二階に四つ部屋があった。一階と二階は、真っ直ぐな外階段で結ばれている。

　わたしは鉄門の隣にある集合ポストを見る。２０２号室。部屋番号以外は何も書いていなかった。

　ポストに鍵はかかっていなかった。開けてみると、ピザ屋のチラシと、引っ越し屋のチラシと、風俗の小さなチラシが数枚入っていただけだった。わたしはすべてを元に戻してから、二階を見上げた。あそこが202号室の窓だ。中を覗こうと背伸びしてみたけれど、やはりまったく見えない。昼間だというのにカーテンが閉められていた。花柄のカーテンだった。わたしの部屋のとよく似ていた。一緒に買いに行ったのかも知れないし、あるいは「彼女」があの部屋の真似をしたのかも知れない。

わたしは、202号室のベランダの真下に立った。自分の左腕に書いた番号を、頭に184をつけてから携帯電話に打ち込む。これで非通知設定になるはず。十一桁の数字を打ち終わり、携帯を耳に当てる。コール音が鳴る。わたしは、携帯を耳から離し、202号室のほうへと耳をそばだてる。部屋の中からは、電話の音は聞こえてこない。家にはいないみたいだ。

携帯を耳に当てたら、「もしもし？　もしもし誰？」という女の声が何度も聞こえた。わたしは何も言わずに携帯電話を切った。

二階への階段を上り、202号室のドアの前まで行く。

扉の右上に表札が出ている。「竹内　手島」と書いてあった。竹内のほうが先だから、きっと手島くんが後から転がり込んだのだろう。彼のやりそうなことだ。就職もせずにずっと絵を描いて、竹内さんに食わせてもらっていたに違いない。彼のことならだいたい予想はつく。きっと彼は十七歳の頃と変わらない、自由な人だった。「子供みたい」が理由で人を好きになること。そういうのも、確かにあるのかも知れない。

わたしはしばらく表札を眺め、それから「手島」の部分に右手で触れてみた。ただの冷たい鉄の感触だった。扉に耳をつけてしばらくじっとする。なんの音も聞こえない。わたしは、ポケットから白いハートのキーホルダーを取り出す。鍵が二つついている。下のほうの鍵を手にして、そうっとドアの鍵穴に差し込んだ。

かちり、音がして鍵は簡単に開いた。

狭いアパートだった。

狭い玄関で靴を脱いで、中に入る。

唯一の窓にかけられているカーテンが閉まっているせいで、部屋の中には光が届かず薄暗い。ただ窓は開いていたので、ほんの隙間から入り込む風が部屋の中を走り抜けていた。それでも、じっとしているだけで汗が滲んだ。

ぐるりと中を見回す。質素な部屋だった。

玄関の横には小さな板張りのキッチンがあり、木製のドアが二つ並んでいた。トイレとお風呂だろう。洗面所はないようだ。

冷蔵庫の上にはガラスのコップがあって、そこには二本の歯ブラシがささっていた。赤いのと青いのだ。普通だったら赤が女で青が男のものだろうけれど、きっとこの家では反対だろうと思った。コップの隣には安っぽいT字の剃刀と髭剃りのフォーム剤。二十センチはある、大きなサイズだった。手に取ってみた。アルミニウムは冷たかった。使いかけで、まだ中身はたくさん入っていた。食器棚にはお揃いのカップや夫婦茶碗が綺麗に仕舞われていた。まるで、幸せに愛し合う夫婦か恋人たちの家だと思った。その片方は、もうこの世界に存在しないのに。

まるで、時間が止まっているようだった。

木製の枠でくぎられたガラスの扉を抜けて、畳の部屋へと入る。

暑くて我慢できなくて、厚いカーテンを開け放つ。強い風が部屋の中に吹き込んできて、ほうっと息をつく。振り返ったら、両側の壁にずらりとカンヴァスがかけられていた。

手島くんの、絵だ。

初めて見る絵なのに、わたしにはそれらすべてが彼の絵なのだとすぐに分かった。分かりすぎるくらいに分かった。手島くんの絵は、とても手島くんだ。十七歳のわたしが、ずっと憧れ焦がれてこんな絵が描けるようになりたいと願い続けていた絵。懐かしさよりも強く感動が押し寄せる。

わたしは手にしていた紙袋を畳の上に置いて、それらを一枚ずつ丁寧に眺め始める。知っている絵も数枚あったけれど、ほとんどは初めて見る絵だった。

壁の下のほうには、飾りきれないカンヴァスが何枚も重ねて立てかけられていた。美術部の部室みたいだ。わたしは薄焼けた畳の上に座り込み、カンヴァスを一枚一枚時間をかけて丁寧に眺めた。いくら観ても見飽きなかった。できることなら全部頭の中に記憶したかった。わたしの脳みそには随分と空白があるはずだから、すべてを記憶しとどめることができるかも知れない。

一枚一枚手に取って眺めていて、ふと、手が止まった。

無性に気になる絵があった。

下半分に地球みたいな丸いものの半球が描かれていて、その上にいくつもの建物みたいな長方形が描かれていた。建物たちは布のような何かにくるまっていた。その周囲は激しいほどの赤だ。炎だろうか。火事の町？　あるいは戦争とか、もっと恐ろしく暴力的なものなのかも知れない。何かに突然襲われた小さな星の小さな町が、布に守られ建っているようにわたしには見えた。

もっとじっくり見たくて、右手でその絵を持ち上げ、顔に近づける。べた塗りされたかのような、分厚い絵の具の層。カンヴァスナイフで塗ったのかも知れない。カンヴァスの側面を見る。三辺は絵の具がはみ出していたけれども、一辺だけ、トリミングしたように綺麗だった。

予感がした。

わたしは、紙袋の中から自分の絵を取り出す。わたしの唯一の絵だ。二つの絵の油絵の具のはみ出していない辺をくっつける。ぴったりとしっくりと、二つの絵は繋がった。その瞬間、それはひとつの大きな絵になった。

ああ、そうか。

これは、炎じゃない。戦争でもない。

朝日だ。

夜から朝に変わる暁の空だ。描かれていたのは、夜と朝の淡い狭間。

わたしが持っていたのは、空の絵だったんだ。

白い厚い雲の下で朝焼けの空にくるまれている幸福な町が、二枚のカンヴァスいっぱいに描かれていた。

マグリットは、空の絵をたくさん描いた。

青空と雲だけの絵も何枚もある。マグリットにとって、たぶん空は特別心惹かれるモチーフだったのだと思う。

彼が一番好きだったマグリットの絵には、でも空は描かれていなかった。

『ヘーゲルの休日』だ。

カンヴァスの真ん中に大きく黒いこうもり傘があって、その上に小さなガラスのコップが載っている。ガラスのコップには、水が入っている。傘もコップも、水がなかったら存在価値のないものだ。

だから、ああ、この絵はわたしたちだってすぐに分かった。彼が意図的に選んだとは思えないから、偶然だったのかも知れないけれど。彼には、そういう動物的なところあったから。

水は彼だ。

傘は彼女だ。

そしてコップが、わたしだ。

なんて良くできた関係だろう。

傘は水には影響されない。水のほうが、傘に向かって降っていく。

コップは水を所有しようとする。でも、コップはとても壊れやすいってことを、コップ自身が忘れている。

お堀沿いの道を、わたしは足早に歩いていた。

両手で二枚のカンヴァスをしっかりと抱きしめている。左腕はまだ痛むけれど、それくらいいくらでも我慢できた。とにかくわたしは、この絵を持って安全な場所へ行かなければならない。それは、脅迫にも似た使命だった。

足がもたつく。でも行かなければ。

商店街を抜けて千秋公園の前の広小路まで来て、わたしはようやく足を緩める。息を吐く。ここまで来れば。ここまで来れば大丈夫。

そう思って振り向いたら、後ろから誰かが追ってくるのが見えた。

彼女だ。

やっぱり気づかれた。あの人は勘が鋭い。わたしと彼があの部屋でこっそり会うようになったのにだって、あの人はすぐに気がついた。

逃げなくちゃ。そう思うのに足がもつれる。あっという間に、わたしは彼女に追いつかれてしまった。

竹内さんは、わたしの右肩を摑んだ。あんなに華奢な体のどこにこんな力が、と思わせられるほどの強い力だ。

「やっぱりあなたね、無言電話。そうじゃないかと思って家に帰ってみれば、案の定。あの頃と何にも変わっていない」

わたしは彼女を見る。「彼女」は、竹内さんに無言電話をしていたのか。「彼女」のしそうなことだから驚かない。竹内さんはわたしの目を睨みつけたあと、わたしが抱えているカンヴァスに目をやった。

「返して」

わたしは絵を取られまいと、思い切り右腕に力を込め振り払う。けれどわたしが力を入れれば入れるほど、彼女の指はぎりぎりとわたしの肩に食い込んでいく。

「返して。それは手島の絵よ」

「二人で描いたんです。だからわたしのでもあります」

瞬間的にわたしは言った。彼女ははっとして、わたしの体から手を離した。

「あなた、……記憶戻ったの？」

彼女の目には驚きの色が浮かんでいた。わたしはその目から逃げまいと、きゅっと体中に力を込める。記憶は戻っていない。戻ってはいないけれど。

「覚えていないけれど、分かりますそれくらい」

わたしがそう言うと、彼女の顔は温度をなくし再び真顔に戻った。

「なら、ますます返して欲しい。記憶なんかあってもなくても同じね。あのときもあなた、その絵を欲しがった」

あのとき。

きっとそれはわたしが彼女をカフェに呼び出した日だ。

わたしは退職届を彼女に渡し、この絵を下さいと頭を下げた。でも彼女は渡さなかった。思い出が欲しいなんて笑わせないで。あなたなんかに手島のものは何もあげない。あなたの頭の中の記憶も全部消したいくらいよ。

竹内さんの強い目が、わたしを射貫こうとしていた。彼女のわたしに対する憎しみは、この数日間で癒えるどころかますます強くなっていた。もし視線だけで人を殺すことができるとしたならば、わたしは一瞬で死ねただろう。そうだったら良かった。そうしたらわたしは、車の前に飛び出したりなんかせずにすんだ。記憶を消したりしなくてすんだ。

「手島はね、あなたのことなんか好きじゃなかったわよ。浮気はあなたが初めてじゃなかったし。毎晩ちゃんとうちに帰ってきた」

彼女の目の輝き。らんらんとした、その目。もっとわたしを見ればいい。わたしも、彼女の目を真っ直ぐに見る。彼女のその深い憎しみこそが、わたしが、彼に愛されていたという証拠に他ならないはずだ。

彼女はわたしから目を逸らし、わたしの抱えているカンヴァスを見た。わたしは、カンヴァスを守るように彼女に背を向ける。絶対に離さない。この絵は、わたしのものだ。わたしも彼女を睨みつける。

背を向けるわたしを、彼女は頭の先から爪先までじっくりと眺めた。そして視線をわたしの腕に止めた彼女は、突然、唇にゆったりとした微笑みをたたえた。残酷な笑みだった。

竹内さんはゆっくりと手を伸ばし、わたしの左手首を摑んだ。

まだ完治していない腕だ。余りの痛みに声も出ず、体中から力が抜けた。その隙に、彼女はカンヴァスを二枚とも奪い取った。わたしは左手を押さえてうずくまる。

彼女は両足で大地を踏みしめ、わたしを見下ろしていた。そうして一文字一文字くぎるように、ゆっくりと言葉を放った。

「絵を一緒に描いたくらいで、いい気にならないで」

いい気になんんか。

わたしがそう言うより早く、彼女はお堀に向かってカンヴァスを投げた。カンヴァスは弧を描いてわたしの視界から消える。

水音が二回あがる。突然の水音に驚いた鴨が、鋭く鳴き声を上げて飛び立った。

「あ」

絵が。わたしの。わたしたちの。彼とわたしが繋がっていた唯一の証拠。

瞬間的に、わたしはお堀に飛び込んでいた。

11

そうだ、あれはいつのことだったかな。

知ってる男の子がね。蟻を見つけるたびに踏んで殺してたの。

田舎町だから土のある道にはどこにだって大抵蟻がいるものじゃない？　その子は蟻を見つけるたびに、とにかく踏み潰した。

蟻は小さいから潰れる音なんか聞こえないし、潰れても体液も出ないからそんなに気持ち悪いとかは思わなかったんだけれど、さすがにちょっと可哀想だなあと思うわけ。小さくても命は命だしね。

だからある日言ったの。可哀想だからやめなよって。そうしたらその子、「可哀想だから殺すんだ」って言うの。「蟻なんかに生まれて可哀想だから、早く殺してあげて、早く次に輪廻転生させてあげるんだ」って。それ聞いたときすごく驚いて。ああ、そんなことわたし考えたことなかったって。蟻に感情移入して、蟻の人生、いや、蟻生？　そういうのを考えるなんてこの子なんてすごいんだろうって。わたしの知らない世界が見えるんだなあ彼は、いいなあって思った。

でもさ、蟻が不幸かどうかなんて、誰にも分からないよね？　もしかしたらわたしなんかより、その男の子より、楽しく生きてるかも知れないよね？

だとしたら突然終わらせられた蟻の命の責任は、とれないと思うんだよなあ。わたしもその子も、次に生まれ変わるのは、蟻のような気がするのはそのせいかな。蟻に転生したら、まあそれはそれでいいかなとも思うんだ。蟻が幸せかどうか、なってみれば分かるもんね。それにさ、二人とも同じものに生まれ変われるんだったら、なんだっていいんだ本当は。

なんだっていいよ。一緒にいられれば。ずっとずっと一緒なら。わたし、その男の子のこと好きで。多分好きで。でも好きって気づいたときにはもう他の人のもんだったんだよ。

なんだろ。

変な話。気持ちが悪い話だね。

わたし何にも思い出してないのに。

思い出していないのに、全部知ってるよ。

あの日の事故。

あの、工務店の白いトラックの前に彼の車が突然飛び込んだのは、わたしが彼を所有したくなってしまったからだ。いつもスピードを出しすぎる彼の車が急カーブを曲がるところで、わたし、思い切り彼に抱きついたんだよね。馬鹿、危ないって彼言ったけれど、わたしは離さなかった。愛してるって一回でいいから言ってよ、わたしは彼にそう乞うた。一回でいいから。そうしたらわたし、あなたを諦められるからって。

でも彼は言わなくて、絶対に言わなくて、彼が愛しているのは彼女だけなんだって余計思い知らされて惨めでたまらなくなった。

いっそこのまま、そう思ったのは事実だ。そうすれば、彼をわたしだけのものにできる。一緒に行くことさえできれば、だってそれ以上のことなんかないでしょう？

本気だったわけじゃない。ちょっと頭の中をよぎっただけだ。だけどその先に信号無視したトラックがいるだなんて、わたしだって思わなかった。

まさかこんなことになるだなんてね。

彼がわたしの前からいなくなるんだったら、欲しがったりなんかしなきゃ良かった。

びしょ濡れの体で、びしょ濡れのカンヴァスを抱えて歩く。

カンヴァスは一つしか守れなかった。二つは守れなかった。

あのときと同じだ。あのとき、彼はハンドルを左に切って、だから助手席にいたわたしは直接トラックにぶつからなくてわたしだけが生き残った。今日のわたしは、沈んでいく自分の絵より何よりも、彼の絵を助けたかった。わたし自身が水に沈んでも構わなかった。むしろ沈んでしまいたかった。でもわたしまで沈んだら彼の絵がこの世の中から消えてしまうから、それだけは避けなければいけなかった。

油絵で良かった。

カンヴァスは布だし油絵の具は水をはじく。もし水彩画だったら、きっとぐちゃぐちゃになってしまっていた。彼の絵。

今が夏で良かった。

カンヴァスもわたしのことも、太陽はきっとすぐに乾かしてくれる。

大丈夫。やっぱりわたしは運がいい。

よろよろとお堀の前の通りを歩いているわたしを、誰かが振り返って見る。大丈夫ですか、そう声を掛けてくれた人もいたような気がするけれど、わたしは無視して歩き続けた。どこへ行くつもりなのか、どこへ行けばいいのか、もう分からなかった。

濁った緑色の水の中で、今度こそ死んじゃうのかな、と思った。

けれど死ななかった。こんなに何度も生きながらえてしまうなんて、わたしにはもともと、魂がなかったのかも知れない。魂がないから死ねないんじゃないだろうか。

わたしは無機物なのかも知れない。壁みたいな。このまま、消えてしまうことは不可能かな。水と一緒に蒸発できたなら、それが一番いい。

どうして隠れ場所にそこを選んだのか、よく分からない。

誰にも会いたくなかったからかも知れないし、誰かに会いたかったからかも知れない。

背の高いポールラックに掛けられた何十枚もの洋服たち。知らない誰かに見えたその洋服たちの影が一緒にいてくれることが、今はただありがたかった。魂なく抜け殻のまま揺れることしかできない洋服たちは、わたしにそっくりだ。人型の抜け殻。記憶も思考も持たぬものたち。わたしの仲間たち。

「彼女」は、違う人間になりたかった。あの人に好かれたいがために、あの人の恋人の真似までした。愛する人に愛してもらえるなら、魂なんかいらない。

でも何をしても「彼女」は、結局わたしだった。同じ服を着たからって、あの人に愛されるわけじゃない。わたしは、馬鹿みたいにわたしでしかなかった。

ドアが、がちゃりと開いた。

誰かが入ってきた。見つからないよう、わたしは息をひそめる。

大丈夫、わたしがいるのは洋服たちの一番奥だ。抜け殻仲間たちは、わたしの体を隠してくれるだろう。

入ってきた人影が、部屋の隅でがさがさと何かしている音が聞こえる。わたしは感覚を耳に集中させる。

しゅっとマッチをする音と炎の燃えるにおいがして、ついでそれは淡く漂う線香のにおいに変わった。ちん、とリンが小さく鳴った。志村さんの奥さんの仏壇だ。そのまま帰り道を辿ろうとした誰かの足が、びくりとして止まった。何かを見つけたようだ。わたしが通った後に、幾つも水たまりができていたせいだろう。わたしは両足を自分の体に寄せ、ますます身をちぢこませる。その瞬間、洋服がざっと勢いよくどけられた。

そこに立っていたのは、美加ちゃんだった。

美加ちゃんはわたしの姿に驚いて、息を呑みしばらくそのまま立ち尽くした。

美加ちゃんは、びしょ濡れのわたしになにも聞かなかった。わたしを頭から爪先まで眺め、それから壁に立てかけていた水のしたたるカンヴァスを眺め、洗面所へ行きタオルを持ってきて渡してくれた。

タオルで髪を拭きながら、ありがとう、と言った。下を向いていたから、美加ちゃんには届かなかっただろう。美加ちゃんはそのまましばらく髪を拭くわたしを眺めてから、わたしの隣に座った。

美加ちゃんは、わたしが顔をあげるのを待ってから、邪魔？　と唇を動かした。

「邪魔だったら、向こう行ってる」

美加ちゃんは多分、「彼女」が死のうとするさまを、今までも何度も見たのだろう。一人にしないことが、死にたい人を死なせない唯一の方法だと知っているのだ。わたしよりも随分年下で、わたしよりもきっと大変な人生を送ってきただろうに、誰かのために静かに傍にいることのできる彼女に、わたしは感謝じゃなくて羨望を感じていた。

美加ちゃんはずるい。

他人にこんなに簡単に優しくできるなんて、ずるい。

世界はみんなずるい。わたしなんかに生まれて、わたしは本当に運が悪い。わたしだってわたし以外の誰かになりたかった。記憶をなくせば違う誰かになれると思った。

でもどうしてもどうあがいてもわたしはわたしでしかない。

どうしてわたしは、美加ちゃんみたいになれなかったんだろう。

わたしだって良い人間になりたかった。誰からも好かれたかった。愛されたかった。愛したら同じ分だけ愛してもらえるような人間になりたかった。ほんの一瞬、あの人がわたしを本当に愛してくれたなら、わたしは壊れたりなんかしなかったのに。愛する気持ちだけが無限に大きくなって、ぶくぶく肥えて膨れあがって、わたしは破裂してしまった。壊れたのに消えられない。なんて酷い。なんて。

あの人が踏み潰したのは、蟻だけじゃない。

「わたし、生まれ変わったら美加ちゃんになりたいな」

ぼそりとつぶやいたら、美加ちゃんはきょとんと首を傾げてわたしを見た。

「どうして」

「美加ちゃんは優しいし、愛されてる」

美加ちゃんは、華奢な体が跳んで行ってしまうんじゃないかというぐらいに、ぶんぶんと首を横に振った。

「朔美ちゃんのほうが優しい」

「嘘だ」

「本当だよ。前も言ってくれたの、朔美ちゃん。わたしの声が綺麗だって。『せっかく綺麗な声をしてるんだからもっと人と喋るべきだ。そのためにもわたしは絶対手話なんか覚えないからね』って。そんなこと言ってくれたの、朔美ちゃんが初めてだった。だからわたし、こんなに喋れるようになれたんだよ？　それに、歌、教えてくれた。わたし、あの日も練習してたの。いつものところで」

あの日？

美加ちゃんは、少しだけ微笑んだ。

「あの場所を教えてくれたのは朔美ちゃんだよ。一人で泣きたくなったら、ボートに乗るんだって。そこだったら、誰にも見られずに泣けるからって。一人きりになりたくなったらそこに行くって、朔美ちゃんは言った」

＊

千秋公園のお堀にある、貸しボート屋さん。おばちゃんがアイスクリームを売っている近くの。そこでボート一艘借りて、なるべくお堀の真ん中まで行くの。ボートの上に寝転がってボートと同化してね、耳にヘッドフォンして、あ、音を聴くんじゃなくて、振動を感じるためにね。それから空に向かって声を出すの。頭の中で流れている歌を、真似して。

歌好きなの、わたし。

自分の音程あってるのかよく分からないから、恥ずかしくて人前では歌えないけど、ボートの上でなら幾らでも歌える。もしかしたらわりに大きな声が出ちゃってるかも知れないけれど、他にボートに乗ってる人なんてほとんどいないし、いたとしてもどうせ観光客の知らない人だから気にしないでいい。だいたいにおいて美加ちゃんは気にしすぎなんだよ、好きでも嫌いでもない人間にどう思われようとどうでも良いでしょう、って朔美ちゃんは言ってくれた。

うん、それで、その日も。

わたし、歌っていた。簡単な旋律がいいって言ったら、朔美ちゃんはとっておきの好きな歌を教えてくれた。何回も何回も歌ってくれて、ｉＰｏｄに落としてくれて、唇にも舌にも触らせてくれた。美術館でタイムトラベルする女の子の歌。

どれくらい歌ったかな。突然、顔に水の粒が当たった。雨が降ってきたんだ。その日は降水確率が高かったから雨には驚かなかったんだけれど、雨の中ボートに乗ってもいられないでしょう。起き上がってボートを漕ぎ始めた。気づいたら、ボートに乗っているのはわたしだけだった。

周りを見回したら、傘をさしてふらふらと道路を渡って来る女の子が見えた。横断歩道なんかないところだよ。酔っぱらっているのか、なんだか足元がおぼつかないの。車は走っていなかったけど、危ないなと思って気になって見ていた。

女の子の手から傘が落ちた。顔を見たらよく知ってる人だった。あれ、朔美ちゃんだ、わたしは思った。危ないよ朔美ちゃん、そう叫びたかったんだけど、そんなときに限って上手く声が出なかった。

朔美ちゃんは道路の真ん中で立ち止まった。

灰色のアスファルト。上り車線と下り車線の、ちょうど真ん中のところ。白い線の上。

そうして、そのまま空を見上げた。灰色の雨空。

朔美ちゃんの唇が、数回動いた。

車が走ってきた。紺色の車。わりとスピードが出てたと思う。朔美ちゃんは空から視線を車に移すと、そのまま、車の進行方向に向かって走り出した。

＊

「ごめんね、ずっと謝りたかったの。わたしがあのとき声を出して朔美ちゃんを呼んでいたら、こんなことにならなかったのにって」

いつかの台所で動かされた、彼女の唇を思い出す。お、え、ん、え。ごめんね。

美加ちゃんは見ていたのだ。堀田さんの車に飛び込んでいく「彼女」を。「彼女」は、死のうとしていた。分かっていたから、もう驚いたりはしない。それよりも、道路の真ん中で空を見上げていた「彼女」が何を言ったのか、そのほうが気になった。死を覚悟した「彼女」の、最後の言葉だ。

美加ちゃんには分かるはずだ。聞こえなかったとしても。彼女は充分に目がいいし、唇が読める。

美加ちゃんはわたしの顔を真っ直ぐに見て、唇を大きく開けゆっくりと言った。

「『いま、そっちへ行くよ』朔美ちゃんは、そう言った」

いま、そっちへ行くよ。

どこへ？

「彼女」の視線の先は空だ。空の上にあるもの。それは。

「分かるよわたし。お母さんが死んじゃったとき、わたしも同じ気持ちだった。死にたかったんじゃないよね、朔美ちゃんは」

美加ちゃんはそう言って言葉を句切った。わたしは、自分の手のひらをぎゅっと握りしめる。夏なのに、指先がきんと冷えてかじかんでいた。

知っている。

覚えていないけれど、知っている。

そうだ「彼女」は。

死にたかったわけじゃない。

死のうなんて思ったことなかった。

ただ、ただもう一度。もう一度。一瞬でいいから。

ああ、そうか。

わたしは静かに息を吸った。息を吸って、息を吐いた。自分の心臓の音の響きを聞いた。

すべてが解けた。

すべてが溶けて、すべてが繋がった。

わたしは美加ちゃんの顔を見た。美加ちゃんの目の中にいるわたしと、いや美加ちゃんの目の中に映る「彼女」と、わたしはまっすぐに目を合わせた。

「彼女」は、逢いたかったんだ。

逢いたかっただけなんだ。

ただそれだけで、ただそれだけのことが叶うのなら、他のものなんか何もいらない、魂も命もいらないって、そう思ったんだ。

なんて馬鹿な話。

死んだって、彼に逢えるわけがないのに。天国なんかあるわけないのに。信じられないものを信じずにはいられないほど、「彼女」は彼に逢いたかった。

逢いたかったんだ。

馬鹿みたいだ、「彼女」。馬鹿だ。わたしは。

わたしの目から、突然何かがぼろぼろとこぼれ落ちた。

「あ」

わたしは驚いて、自分の頬に左の手のひらを当てた。左手に鈍痛が走る。でも構わずに頬に強く手を押し当てる。水。頬を流れる水の感触。これは涙だ。

どうして？　わたし、なんで泣いているんだ？　何も悲しくない。悲しかったことなんか覚えていない。

泣きたかったことは何度もあった。でも一度も泣かなかった。なのになぜ、なぜ今なんだろう。なぜわたしは今涙を流さずにいられないのだろう。

「覚えてるんだね、体が」

美加ちゃんが言った。わたしは首を横に振る。

「わたしは何にも覚えてないよ」

覚えていない。何も。何にも。

時々頭の中をかすめる事実は、わたしの記憶じゃない。「彼女」の記憶だ。それをわたしは知っているだけで、覚えているわけじゃない。理解しているわけじゃない。

経験したのは「彼女」であってわたしじゃない。

わたしの痛みは、心にはない。ただすべて体に。痛いのは体だけだ。心の痛みを感じる機能は全部、あの人が死んだときに使い切った。それでも残ったかすかなものも、「彼女」がみんな持って行ってしまった。

残されたわたしはただの抜け殻だ。なのに。

なのに、涙がぼろぼろこぼれ続ける。

美加ちゃんが、わたしの左手をそっと握った。わたしはその手をふりほどきたくて、ううん、違う。本当は握り返したくて、でもできないままただぼろぼろと泣き続けた。

12

どうして彼を好きだったのかなんて聞くほうが野暮だし答えるほうも野暮だ。

好きな人の好きな理由が分からなくなった瞬間にそれが本当の愛になるのだ、とか、そんなこと言ったら笑われるだろうか。別に笑われたって構わないけれど。

一つだけ言えるのは、あの人はわたしにとって特別だったってことだ。

ただそれだけなんだ。

良い人間であることや正しい世界観や価値観や、美しいものを愛でる心や、共感や、そんなものとはかけ離れた場所で、あの人はわたしのすべてで、わたしにしか見えない光を放っていた。

あのさ、虫が火に飛び込むのって馬鹿みたいって、思う？

火に飛び込んだら絶対死んじゃうでしょう。

なのに火に惹かれてしまうなんて、生き物として何か欠落しているとしか思えないよね。

だけど、もしすべての虫が火にものすごく大きな恋心を抱いているとしたら、どうだろう。

それでも、飛び込むのって馬鹿みたいって思う？　わたしは飛び込まないことのほうを、意気地なしだって思うよ。

うん。だからたぶんね、虫たちは。別に構わなかったんだよ、死んだって。少なくとも最後の瞬間、火に包まれていられるわけだからね。愛に焼かれて消えるなんて、最高に幸福だ。羨ましいとすら、わたしは思ってしまうよ。

あのね、わたし一時期ミステリにはまっていた頃があってね。と言っても、刑事コロンボのTVシリーズを全部観て、それからレイモンド・チャンドラーのフィリップ・マーロウシリーズを読んだってだけなんだけどね。

コロンボって、犯罪者が殺人を犯す動機の多くが、お金なの。あと名誉ね。でもね、マーロウのほうの犯罪者たちはみな、愛のために殺人を犯すんだ。愛が理由だからね、マーロウはいつも最後に悲しい気分で煙草をくゆらすわけ。ま、大抵最後に犯人は死んじゃうんだけどね。あ、でもあれは違ったな。犯人が、違う人間として生きるっていうラストだった。

ああ、煙草吸いたいな。

そう、よく隠れて吸ったよねわたしたち。

田んぼの真ん中のバス停で。終バスが行っちゃったあとに。

うちのやつ、煙草嫌いで家で吸わせてくれねーからさ、だから一本くれよ。おい笙野、なんでお前いつもメンソールなんだよ不味いよこれ。普通の吸えよ普通の。って、よく言われたな。

わたし、本当は煙草なんか好きじゃないんだけどね、煙草持っていれば一本吸う間だけ多く一緒にいられるでしょう？　だから必ず持ち歩いていた。なんでメンソールにしたのかって？　ああ、それはね、なんでだろ。わたしの彼への小さな復讐だったのかもね。

あれ、なんの話だったっけ。ああ、そう。『長いお別れ』の話ね。『ロング・グッドバイ』って呼んでもいいけれど。

だからわたしは、コロンボよりマーロウのほうが好きだった。ごめんね、ただそれだけの話。聞いてくれてありがとう。

聞こえてる？

ねえ。


阿部デザイン事務所のビルから降りてきた竹内さんは、わたしの姿を見るとはっとして体を強ばらせた。

竹内さんは、今日も黒い服を着ていた。

彼女が黒い服しか着ない理由はもう、もちろんわたしには分かっていた。彼女がこれから先の長い人生で身につけるだろう洋服はすべて、喪服なのだ。彼女の時が止まってしまっている限り。わたしはあの人を失って過去の世界にトリップした。彼女はあの人を失って時間を止めた。わたしたちは同じように、時間の狭間の中に自らを落とし込んだのだ。

彼女は、身動き一つせずにわたしを見ていた。

「これを、返しに来ました」

わたしは、ポケットから白いハートのキーホルダーを出す。手島くんの部屋の鍵を外し、手のひらに載せて彼女の前に差し出した。彼女は身じろぎ一つしなかった。

彼女は、わたしの手のひらの上の鍵をしばらくじっと眺めて、それからわたしの顔を見た。憎しみに満ちた目だった。この人は、永遠にわたしを憎み続けるだろう。わたしを憎むことでしか、生きることができないのだから。わたしへの憎しみが、彼女の生きる糧なのだから。

もちろんわたしは、その憎しみをすべて受ける。許してもらうためにではない。許してもらえるわけなどないことは、分かりきっている。

竹内さんは手のひらの上の鍵だけをじっくりと眺め、ようやく口を開いた。

「あなたに、死ねば良かったのにってわたし前に言ったでしょう。あれ、取り消す」

静かな声だった。

「わたしより先に死んだら許さない。わたしより先に手島に会おうだなんて絶対許さないから。どうせあなたも手島も、同じ地獄に堕ちるんだ。虫酸が走る」

竹内さんはそれだけ言うと、わたしに背を向け歩き出した。わたしはその小さな背中をじっと見る。老婆のような背中だった。彼女は数メートル先で立ち止まり、振り返った。

「その鍵は捨てて。あなたが触ったものになんか、わたしは触りたくないから。それで、わたしのことも全部忘れて。二度と目の前に現れないで」

わたしは彼女に向かって頭を下げた。深く深く、頭を下げた。謝罪のつもりじゃなかった。ただそうしたかった。

頭を上げたときには、もう彼女の姿はなかった。

空を見ている。

もうすっかり暗い夜の空だ。

月明かりの淡い夜で、星があんまり見えない。でも星が見えない夜なんて、今までも百万回あって、これからも百万回あるだろう。何も変わらない。それは特別なことじゃない。

何も変わっていない。

空はわたしが子供の頃からいつも四季を教えてくれたし、今だってそうだ。

千秋公園の敷地内にある彌高《いやたか》神社の境内に座って、わたしは空を見上げている。なんだか眠くなってきた。誰も来ないな。一人ではじめていようか。そう思いながらも体が動かない。

もうすぐ真夏になって、次に秋が来て、そしたら空が遠くなってしまう。

夏は一番空が近く感じるから、だからいいね。だから「彼女」は、夏の間にあの人に逢いに行こうとしたんだね。

「なに見てるの」

声を掛けられたけれど、わたしはそのまま空を見上げ続けていた。誰の声かはすぐに分かった。彼はそれ以上何も言わずに、わたしの隣に座った。来てくれてありがとう、心の中でつぶやく。もう一回だけ、君に会いたかったよ。

「空見てる」

「空？」

「わたし退院して以来、空ばっかり見上げてるの。でもそんな癖、なかったからさ。変だなあ、何だろうなあって思ってたんだ」

「うん」

「わたしが空を見上げるようになったのって、きっと手島くんが死んだあとからなんだろうね。わたしが忘れても、体が覚えてたんだね。すごいね、体って」

彼ははっと一瞬だけ息を止め、わたしを見た。

「思い出したの？」

「ううん、ただ知ってるだけ」

知っているのと、覚えているのは全然違う。

空から視線をおろし、隣に座っている彼を見た。彼はいつも通り端正な顔をしていた。仕事帰りで、深い紺色のスーツ姿だった。やっぱり彼には、重い学生服のほうが似合っていたような気がした。でもそのあとすぐに、スーツのほうが似合う、と思い直した。

「誰も来ないの？」

細見くんはわたしの足元にあるテントの部品を眺めて言った。

「うん。みんな呼んだんだけどさ。青木とか咲子とか麻里とか。薫ちゃんも。でもみんな来られないって。冷たいよねえ」

キャンプしよう、わたしはみんなにそう言った。

二年前、みんなでキャンプして、楽しかったんでしょう？　もう一回しよう、もう一回美術部のみんなで集まろうよ。夜、七時半に千秋公園の彌高神社前集合ね。

行けたら行くね、麻里はそう言った。

旦那に聞いてみる、咲子はそう言った。

仕事終わったら、青木はそう言った。

薫ちゃんとは、話せていなかった。留守番電話にメッセージを残しただけだ。かけ直してきてくれるかなと少し期待したけれど、でも電話は来なかった。それ以外のみんなには連絡網で回してもらった。今、時計は十時を指している。

目の前には、レンタルショップで借りてきた赤いテントと寝袋。みんなが来る前に組み立てておこうと思ったけれど、一人じゃできなかった。

細見くんが背広を脱いでテントを立てようとし始めたので、慌ててそれを止める。

「いいよ。どうせみんな来ないし。それにたぶん、ここキャンプ禁止だよね」

細見くんは手に持ったテントの赤をしばらく眺め、また元に戻してわたしの隣に座りなおした。

「朔美、お腹は空いてないの？　なんか食いに行こうか」

「まさか。キャンプと言ったらカレーでしょう」

わたしは背負ってきた登山用のリュックを開けレトルトカレーを取り出した。鞄の中には、十人分のレトルトカレーが入っている。何人来るか分からないから、多めに、なんてせっせとカレーを鞄に詰めていた昨日の自分を思い出して、少しおかしくなった。

「あ、でもご飯。飯盒《はんごう》で炊くつもりだったから生米しかない」

「いいよ。一昨年のキャンプの時も、朔美、ルーだけ食べてたよ」

「ほんと？」

「炭水化物抜きダイエットだって言って」

細見くんはそう言って笑った。わたしも笑った。

なんて馬鹿なんだろう「彼女」は。好きなんだったら食べればいいのに。せっかくそこにあるのに。手の届かないものばかり見て。手の届かないものばかり欲しがって。

結局何もかもなくした。

馬鹿だ。

大嫌いだ。「彼女」のことが。

でも同時に、「彼女」の気持ちが分かりすぎるわたしもいる。当たり前だ。だって「彼女」はわたしなのだから。

「彼女」の最後の小さな良心は、細見くんに嫌われようとしたことだった。「彼女」は細見くんを傷つけたくなかった。だから、嫌いになって欲しかったんだ。自分が悪者になってすむなら、それでいい。嫌いになってくれたほうがいっそいい。そのほうが、自分の選ばなかった可能性に後悔したりもしないですむ。細見くんと一緒にいたほうが幸福だったのかも、なんてそんな可能性は、どうしようもなく焦がれてしまう人を見つけた「彼女」には、不必要な重荷でしかない。

人を愛する、ということ。

人に愛される、ということ。

それはいつも大抵嚙み合わない。愛される喜びに浸ることのできる人間と、愛する苦しみに喜びを見いだす人間とがいて、「彼女」はどうしたって後者だった。

神様は意地悪だ。ちゃんとつがいをつくらない。出会った瞬間お互いがお互いを分かるようなしるしをつけておいてくれさえすれば、わたしたちはこんなに苦しまないですむのに。

ううん、違う。

出会った瞬間分かるようなしるしに、気づいてしまうから人は不幸になるんだ。

わたしは気づいてしまった。

あの人のにおいこそが、あの人がわたしのつがいだっていうしるしだった。あの人にとってのつがいは、わたしじゃなかったのかも知れないけれど。

本当は、ずっとずっと好きだった。

でもそんなの悔しかった。自分よりも絵が上手い男なんかに心まで差し出すのは、負けたような気がして悔しかった。だからずっと見ないふりしていた。彼がわたしを好きになる日を、好きじゃなくてもいいからついうっかり手を出してしまう日を、ただずっと待ち続けていた。

そして彼は、ある日うっかりと手を出した。

彼は気づいていた。わたしの彼への気持ちに。だからわたしが他の男とつきあい始めたのを見て、きっと惜しくなったのだろう。彼はもともと、細見くんが女の子に人気があるのが気に入らないみたいだったから。一緒に絵を描こうよ、そう言ったら彼はすぐにわたしを自分の部屋にあげた。二人きりで絵を描いていて、感情が高ぶるのは当たり前のことだ。次の色を載せるために油絵の具を乾かす間、あるいは絵を描いている途中でも、わたしたちはお互いを求め合った。手島くんに抱かれるときは、いつもいつも油絵の具のにおいの中だった。

だから彼が死んだあと、わたしは油絵の具のにおいのするものを全部捨てた。あのにおいの中で平常心を保つことなど、もうわたしにはできなかった。

わたしは、自分の頭に手を触れた。指先に当たるのは包帯じゃなくて毛糸の感触。赤い帽子だ。この帽子にしみついた彼のにおいが、「彼女」にとってのすべてだった。

「帽子、似合うね」

細見くんがわたしを見て言った。

優しい目だった。この人とずっと一緒にいられたら、きっと「彼女」は幸せになれただろうに。わたしも、幸せになれるだろうに。

本当に、馬鹿だね。

「もういいよ、細見くん」

「え」

「『彼女』を止められなかったことに罪悪感を持っているんでしょう？　だからわたしと一緒にいるんでしょう？　でも、もう大丈夫だから」

細見くんはわたしをじっと見て、首を横に振った。

「それもあるけど。でもそれだけじゃない」

細見くんは優しい。彼の言葉が本当かどうか、わたしにはやっぱり分からないのだ。

わたしは細見くんを見た。細見くんは、もうわたしを見ていなかった。わたしじゃい。

なく自分の足元を見ていた。わたしも見た。仕事帰りの彼は、茶色い革靴を履いていた。靴は綺麗に磨かれていて清潔で、細見くんのようだった。

「きっと『彼女』は、細見くんのこともちゃんと好きだったんだと思うよ」

細見くんは顔をわたしに向けしばらく黙り込んだあと、小声で、いや、と言った。

「朔美は、ずっと手島のことだけ好きだったよ。手島はどうだか分からないけどさ。俺は知ってたし。それでも別に、良かったし」

細見くんは笑った。高校時代と同じ、ミャンマーやブータンの徳の高い王子のような、美しい笑顔だった。

「細見くんは優しいね」

細見くんは、首を横に振った。

「優しくないよ、俺。朔美にずっと嘘ついてた」

「嘘？」

「本当は、手袋なんかプレゼントしてない。返品交換して来いって言われて、俺、怒っちゃったから。それに、いまだにすごい後悔してる。あの日、ホテル行ったとき無理矢理襲っちまえば良かったたって」

手袋、どうりで見つからないはずだ。細見くんは息を吐き、ようやくネクタイを緩めた。

「あのさ」

「うん」

「朔美を病院に迎えに行った日さ。最初、ものすごくショックだったんだ。記憶がないって、そんなのありかよって。でもそのあと俺、思ったんだ。朔美はなんて運がいいんだろうって」

「え？」

「生きてるってことはさ、生きてるってだけで、すごく運がいいってことなんだよな。生きてさえいれば、何回だってやり直しがきくってことだから。俺は、十七歳の朔美ともう一回出会えてそれを思い出した」

細見くんは、そう言って笑った。だから俺も、もう一回夢とかみようかなって思うよ。

「細見くんの夢ってなに？」

「教えないよ」

細見くんは悪戯っぽくそう言った。清々《すがすが》しい顔をしていた。わたしがいつか思い出の中で懐かしがる彼の顔は、きっとこの瞬間のものだ。

「俺は俺なりにだけどね、『彼女』のことが大切だったよ」

ありがとう。ありがとうありがとう。

わたしのいない未来で、幸せになってね。

わたしは、下を向いた。夜なのに蟻が足元を這っていた。

もしかしたらこの蟻は、わたしの知っている誰かかも知れないと思った。

夜の空は果てしなくて、わたしは何か、信じられないものを信じられるような、そんな気がした。


夜が明ける。

いつでも必ず夜が明ける。

大きな登山リュックを背負って、薄暗い中を千秋公園から広小路へ続く坂道を降りる。まだ朝の五時前だ。人通りはない。

お堀まで出たところで、柵に寄りかかって水の中を覗き込んでいる人影を見つけた。見覚えのある人影だ。黒い細身のパンツ、白いシャツ。頭が小さいから、本当の身長よりも大きく見えるあの形。わたしも立ち止まる。

「……。なにしてるの」

声を掛けると、薫ちゃんは振り返った。まだ薄暗いせいで、表情がよく見えない。

「……。蓮。咲くの待ってる」

薫ちゃんの声は、なんだか怒っているみたいに聞こえた。

「馬鹿じゃないの」

わたしの声も、なんだか怒っているみたいに聞こえた。

「あんたこそ、何その荷物」

「キャンプ」

「馬鹿じゃないの」

わたしは薫ちゃんの隣に立って、お堀の中を見下ろした。蓮のつぼみは、まだ固く閉じられたままだった。

薫ちゃんはきっと、わたしのためにそこにいてくれた。蓮の花が咲いたらこの坂を駆け上って、わたしに会いに来てくれるはずだった。蓮の花は神様の乗り物だから、それに乗ってもといた場所に戻ればいいよ、きっと薫ちゃんは意地悪に笑って言う。タイムトラベラーだからね、あんたは。そうしたらわたし、一番帰りたいところまで帰れるかも知れないね。

一番帰りたいところへ。

わたしたちはどこから来たんだろう。

わたしたちはどこへ行くんだろう。

蓮のつぼみは、まだ開きそうもない。神様はまだやって来そうもない。神様は結構意地悪だし、どうも彼は休暇を取りすぎるきらいがある。そうじゃなかったら、こんなに世界が悲しみに包まれていたりはしないだろう。

それでも。

わたしたちはまだしばらく、神様の乗り物を待ち続ける。ひょっとしたら残りの人生の多くを使って、神様を待つ。あの花が咲けばみんな良くなる。子供みたいに、馬鹿みたいにそう信じながら。

「薫ちゃん」

「うん」

「わたし薫ちゃんを許さないから」

「うん」

「薫ちゃんもわたしを許さないで」

「うん」


憎しみでもいいから、わたしはあなたと繋がっていたい。誰かと繋がりたい、じゃなくて、わたしは薫ちゃんと繋がっていたい。ずっと。永遠に繋がり合ってさえいれば、わたしたちは今度こそ友達になれるかも知れない。たとえ、もう会えないとしても。


「あんた、記憶戻ったの？」

「え？　なんで？」

「というより、記憶がなくなったっていうの、本当だったの？」

「え？」

「いや、まあいいや。どっちでも」

風が吹いた。

いい風、と薫ちゃんがつぶやいた。

いい風、とわたしもつぶやいた。

あのとき、死んだのはわたしかも知れなかった。わたしが彼を愛さなかったら、彼は死ななかったかも知れなかった。わたしが彼に出逢わなかったら、彼はまだ幸福に笑っていたかも知れなかった。一緒に生きることができないなら、せめて一緒に死ねたら良かった。

そう思って思い詰めて自分を責めていた。

でもどんなに責めても、現実は変わらない。

わたしは生き残った。

ただそれだけだ。

太陽が、わたしの背中をゆっくりと温め始める。朝日だ。じわりじわりと、世界の温度が上がっていく。

あの太陽は、わたしが昨日見たのと同じものだ。その前の日も、その前の日の前の日も、太陽は昇り、わたしは太陽を見た。太陽はずっと太陽で、わたしはずっとわたしだ。

それはとても当たり前で、でもとてつもなくすごいことなのかも知れない。

「太陽ってあったかいよね」

「うん」

「あったかいのは、なんかいいよね」

あんたは、本当馬鹿だね、薫ちゃんはそうつぶやいて笑った。

うんそうだね、わたしはきっと馬鹿だね、つぶやいてわたしも笑った。

絵を、描きたいなあ。

と、わたしは唐突に思った。とても澄んだ気持ちで、そう思った。

モネは、絵を描くときに黒色を使わなかった。

黒い部分も、色を混ぜて黒以外の色で塗った。三原色。イエロー、マジェンダ、シアン。黄色と赤と青。それだけあれば、どんな世界だって描くことができるってことを、モネはそのうつくしい作品で証明した。

わたしも。

わたしも、いらないものは、いらないな。

赤と青と黄色だけでいい。わたしに必要な色だけ、必要なものだけ持って行ければいい。行きたいところへ行きたいときに。幸いにも、わたしは何にも持っていない。持っていないから、どこにでも行ける。

大丈夫。足は痛くない。いくらだって歩けるし、何回だって生き直せる。

暁の空があまりに赤くて胸が詰まった。

これからもっと夏が濃くなって、秋になって、空が遠くなって、君に声が届かなくなって。ひとりきりになって淋しくなって罪悪感に支配されて孤独にさいなまれる日が、いつか来る。その日は必ず来るだろう。

でも、わたしは幸運だ。

だってわたしは、この先一生きみを嫌いになることがない。一生きみを愛することができる。わたしの望む限り、生きている限り、永遠に。

だからわたしは、生きるよ。

きみを好きでい続けるために、生きるよ。

昇る太陽の赤を目にするたび、必ずきみのことを思い出す。

わたしはひとりきりだ。

けれどわたしはきみのそばにいる。とても遠いところで、ずっとずっときみのそばにいる。

わたしは永遠に、きみに片思いをするのだ。

大丈夫。

わたしは運がいい。

空を見上げる。

十年前とも一年前とも変わらない顔で、空はわたしを見下ろしていた。

しばらくは、逢えないよ。

声に出さずに唇をそう動かしてみたら、どこかで誰かが笑った気がした。

この作品は書き下ろしです。原稿枚数305枚(400字詰め)。

遠《とお》くでずっとそばにいる

狗《いぬ》飼《かい》恭《きょう》子《こ》

平成24年4月15日　初版発行

発行人――石原正康
編集人――永島賞二
発行所――株式会社幻冬舎
〒151-0051東京都渋谷区千駄ヶ谷4-9-7
電話　03(5411)6222(営業)
　　　03(5411)6211(編集)
振替00120-8-767643
印刷・製本―図書印刷株式会社
装丁者――高橋雅之

幻冬舎文庫

ISBN978-4-344-41837-0　C0193　い-7-21